U0530322

发现日用

中国人的生活样式与故事

高一强
姜立

著

九州出版社
全国百佳图书出版单位

图书在版编目（CIP）数据

发现日用 / 高一强，姜立著. -- 北京：九州出版社，2024.9. -- ISBN 978-7-5225-3200-4

Ⅰ．I267

中国国家版本馆CIP数据核字第2024KC4835号

发现日用

作　　者	高一强　姜　立　著
选题策划	于善伟　毛俊宁
责任编辑	毛俊宁
封面设计	吕彦秋
出版发行	九州出版社
地　　址	北京市西城区阜外大街甲35号（100037）
发行电话	（010）68992190/3/5/6
网　　址	www.jiuzhoupress.com
印　　刷	鑫艺佳利（天津）印刷有限公司
开　　本	880毫米×1230毫米　32开
印　　张	9.125
字　　数	190千字
版　　次	2024年10月第1版
印　　次	2024年10月第1次印刷
书　　号	ISBN 978-7-5225-3200-4
定　　价	88.00元

★ 版权所有　侵权必究 ★

満春城管

待 柳 庭

春 珍 前

風 重 垂

日用之道制

当灵魂自我反省的时候，它穿越多样性而进入纯粹、永久、不朽、不变的领域，这些事物与灵魂的本性是相近的，灵魂一旦获得了独立，摆脱了障碍，它就不再迷路。

——柏拉图

自序

寻找答案的过程，远比答案本身更重要。

从第一本《日用之道》出版，到现在已经过了五年的时间。这五年时间看似很长，却也很短，因为，当你沉浸在寻找过程的快乐里时，时间已经不再是那个日常结构设定的坐标了。

当初写《日用之道》的时候，是想记录下对中国人的日用器物的观察和思考，希望从中探寻人与器物的关系与学问，发现中国人的行为和文化的基本结构。而这一本书，更希望在日常生活中，在平凡中寻找非凡，在日常生活中发现意义。通过日常生活中的各种物品，来思考它们如何影响我们的思考、行为和感知，从而发现这些平凡事物背后那个非凡的世界。某种程度上，这不仅是一次对物质文化的探索，也是对日常生活方式的一次反思。

我们的日常生活中，隐藏着一个由无数事物构成的微妙而复杂的世界。这些事物，无论是我们生活中的一盏灯，一把椅子，甚至一扇窗，都在默默地讲述着关于习惯、记忆、期望和创新的故事，它们承载着特定的文化，为我们揭示着一个看似平凡事物背后的深层次世界。而每一个物件，每一个动作，看似简单的事物和行为背后，往往是人类复杂的情感和思想的交汇，这种交汇构成了我们认知世界的基础，也构成了我们看待问题、解决问题的根本路径。

然而，正如水对于鱼那样，在日复一日的忙碌和习以为常中，这些事物的深层意义往往被遗忘或忽视，这种背景知识对于我们来说是如此的自然，以至于我们很少停下来思考它们的存在。或许，在繁华的现代社会中，我们需要在这些器物中寻找生活的蛛丝马迹，这不仅是对物质的拥有，更是对生命的感悟。因为，生活就在这些看似平凡的器物中，那里才是我们生命旅程的真实标尺。或许，在我们追逐梦想的过程中，适时地停下脚步，用心感受这些器物所传递的信息，会发现生命的尺度原来早已测量得丰富而深刻。

在这里，每一个平凡日常事物，都可以因为它们的平凡日常而成为一个特定的事物。这个特定就是来自我们看见的和看不见的日常，来自那些被日常、平常隐藏在了后面的，最司空见惯，最容易被忽视的知识的深度和广度。这就像阿尔弗雷德·许茨所说的，一个人要想弄清他自身文化底层所蕴含的意义，必须首先使其文化变得具有"人类学意义上的陌生性"。也就是说，首先要将那些日常生活中不为人察觉、不被人谈论、一切都想当然的东西，变为看得见摸得着的物体。

这也是我们写这本书的初衷吧！看见看不见的日常，发现平凡中的非凡。希望能像阿尔弗雷德·许茨那样，把日常生活当作是一个具有基础性的意义世界，并把它带进到每天运转不息的世界的意义结构之中，来思考我们生活的本质。虽然，这一定是带有很强的主观性的再现或重现，但也许它更像是柏拉

002 | 003

图的"理式"（eidos）观所提到的，再现未必是对一个外在物体的重现，也可以是对一种"知觉的发生"（occasion of perception）的描绘。

从寻找到发现，并不是一个必然的结果，但发现肯定是下一次寻找的开始。还好，这是从那片混沌逐渐走向了清晰的开始，还好，遇到了福柯的《知识考古学》，是他让我们学习到，可以将"考古学"作为一种研究知识体系和思想史的方法，特别是在关注知识如何在不同历史时期构建和转变的这个方向。这让我们在整个寻找与发现的过程中，有了一个很好的模型和路径，让我们在看似简单日常事物背后的复杂网络中，更加注意到生活中那些微小但富有意义的细节，以及这些细节背后的价值和意义了。

《发现日用》不仅是一本书，希望它也是一次邀请，邀请更多的人开启自己的探索之旅，了解那些日常事物背后的故事和意义，重新发现那些构成我们日常生活的平凡事物，重新审视和珍惜那些构成我们日常生活的平凡之美。

让我们一起发现那些被遗忘的故事，一起在平凡中寻找非凡。这不仅是一次对外部世界的探索，更是一次深入内心的旅程。通过重新审视这些日常事物，我们不仅能够更加珍惜它们，也能够更好地理解自己和周围的世界。正如法国诗人保尔·瓦勒里所说："要看，很多时候并不是要去看什么，而是要看看我们能看到什么。"在这个意义上，这不仅是一场发现之旅，也是一场关于平凡日常之美的重新定义的过程。

我们写出了我们看到、珍惜的一个个日常，以及它们生长出的世界。我们也因此而知足，虽然文字无法充分表达世界的实际存在方式，但起码这样的表达会变成一个楔子，让我们在混沌模糊的现实中，走向逐渐清晰的梦。

　　最后，要十分感谢善伟，从我们相识，到《发现日用》的成书，善伟始终都在不断的和我们沟通，不断的鼓励着我们。是善伟的执着，让我们看到了一种对文化的尊重和坚持，也正是这份执着，才让我们有了巨大的动力，让《发现日用》得以顺利出版。

高一强　姜立

2024年6月19日

目录 | CONTENTS

第一章　日常中的日常

006　捕风捉影

012　虚构之境

016　影移景异

020　看得见的风

024　风铎鸣四端

028　风的音色

032　声音的肌理

037　留声机

040　物为人化

045　春秋代序

051　无间之间

第二章　人间·烟火

062　暖意便从窗下见

071　蠡壳窗稀月逗梭

079　不会融化的冰

090　烛火照人心

093　瓦豆之灯

101　炎炎伏热时

114　中秋月望

119　花开如雪海

124　夹缬笼裙绣地衣

139　知柴断火

第三章　有相知故无怨

153　物质和形体的诗

159　消隐的过去

165　他物即此物

169　纪念是纪念的本身

181　框架与修复

187　日常中的"我"

第四章　过去的未来

199　一切过往皆为序章

206　从前的回望

215　天上的风筝

218　褶皱的光辉

231　树荫的温柔

243　已知的未来

257　向往清晰的梦

274　后记　设计考古

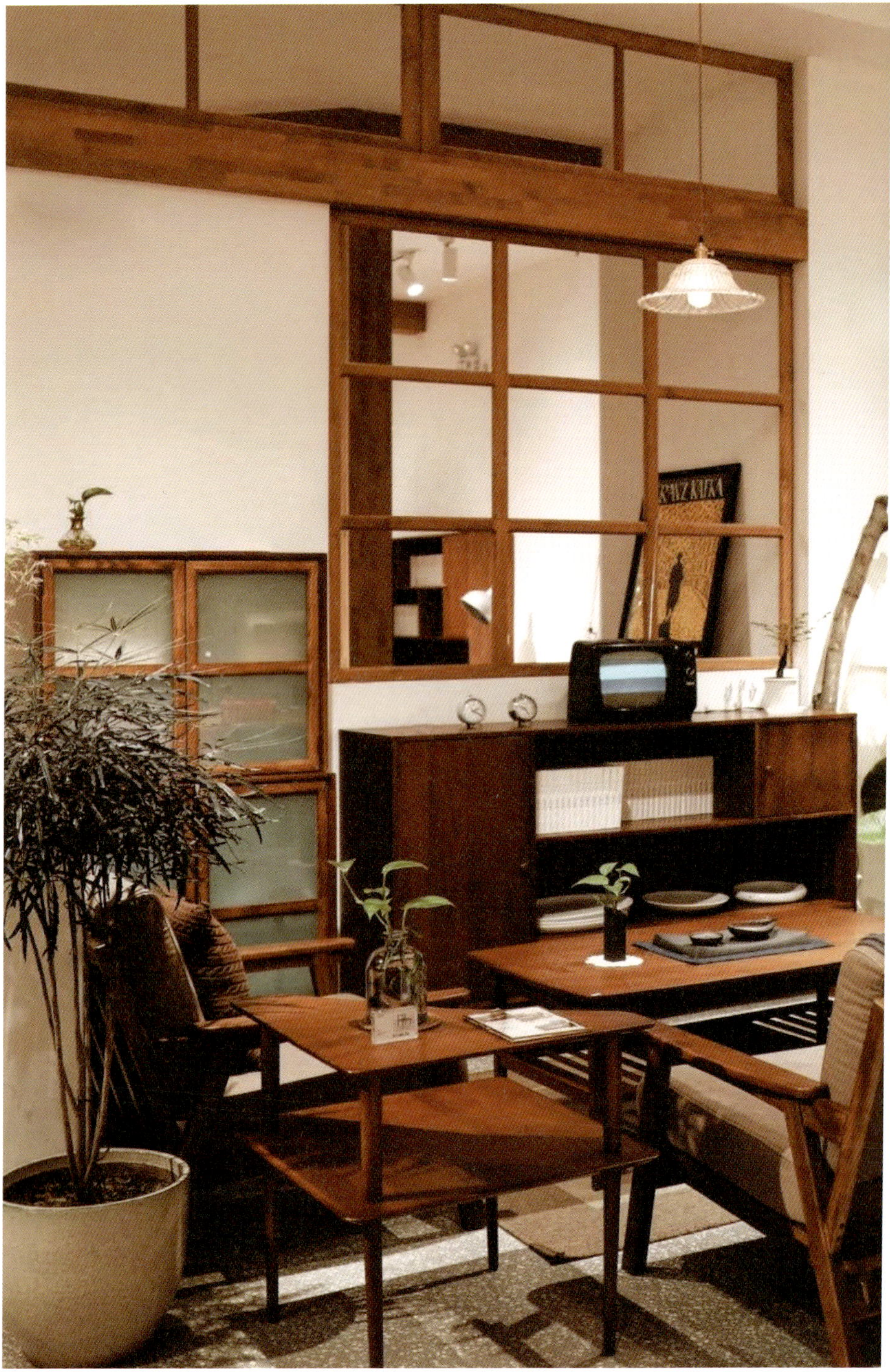

看见看不见的日常，发现平凡中的非凡

第一章　日常中的日常

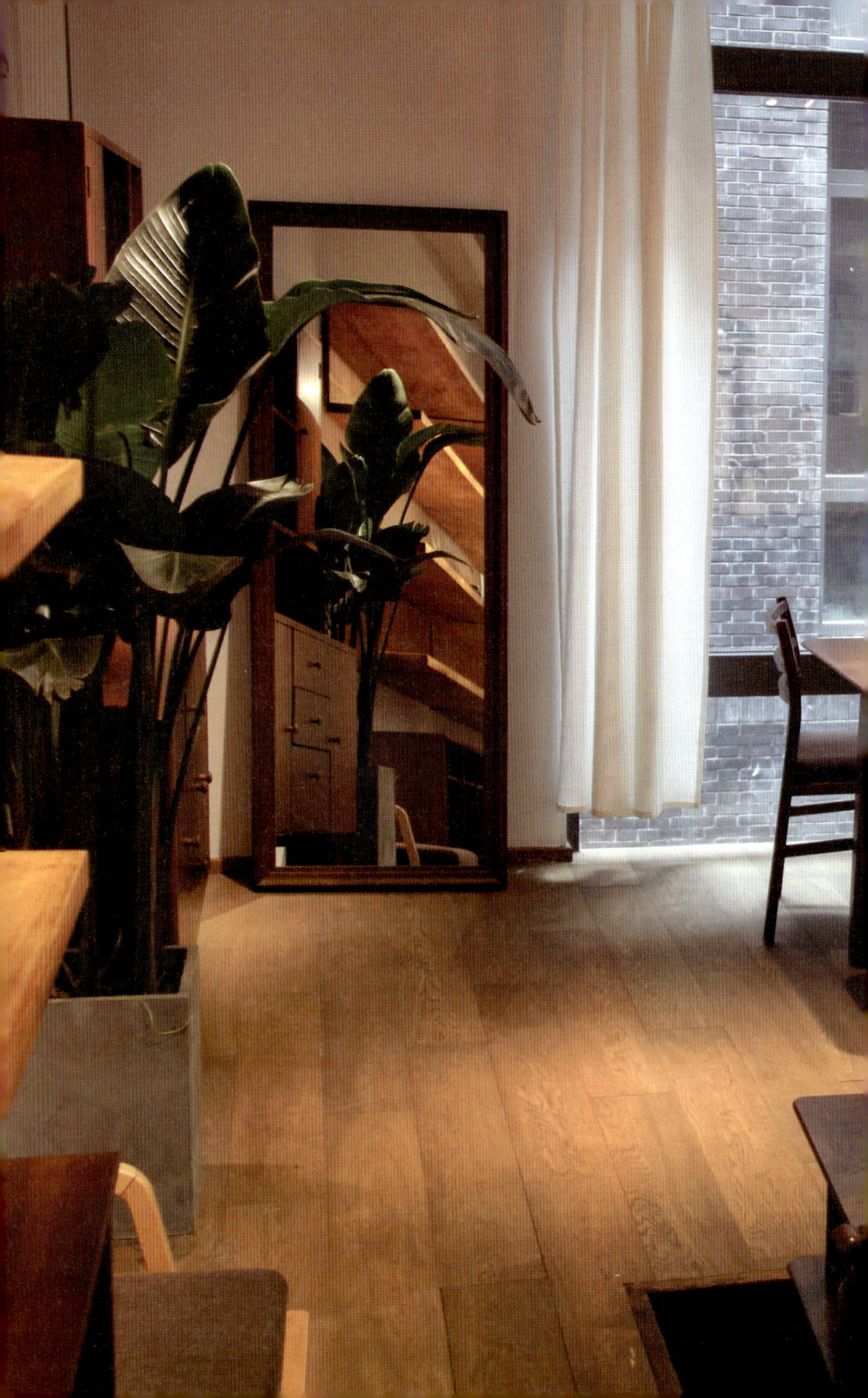

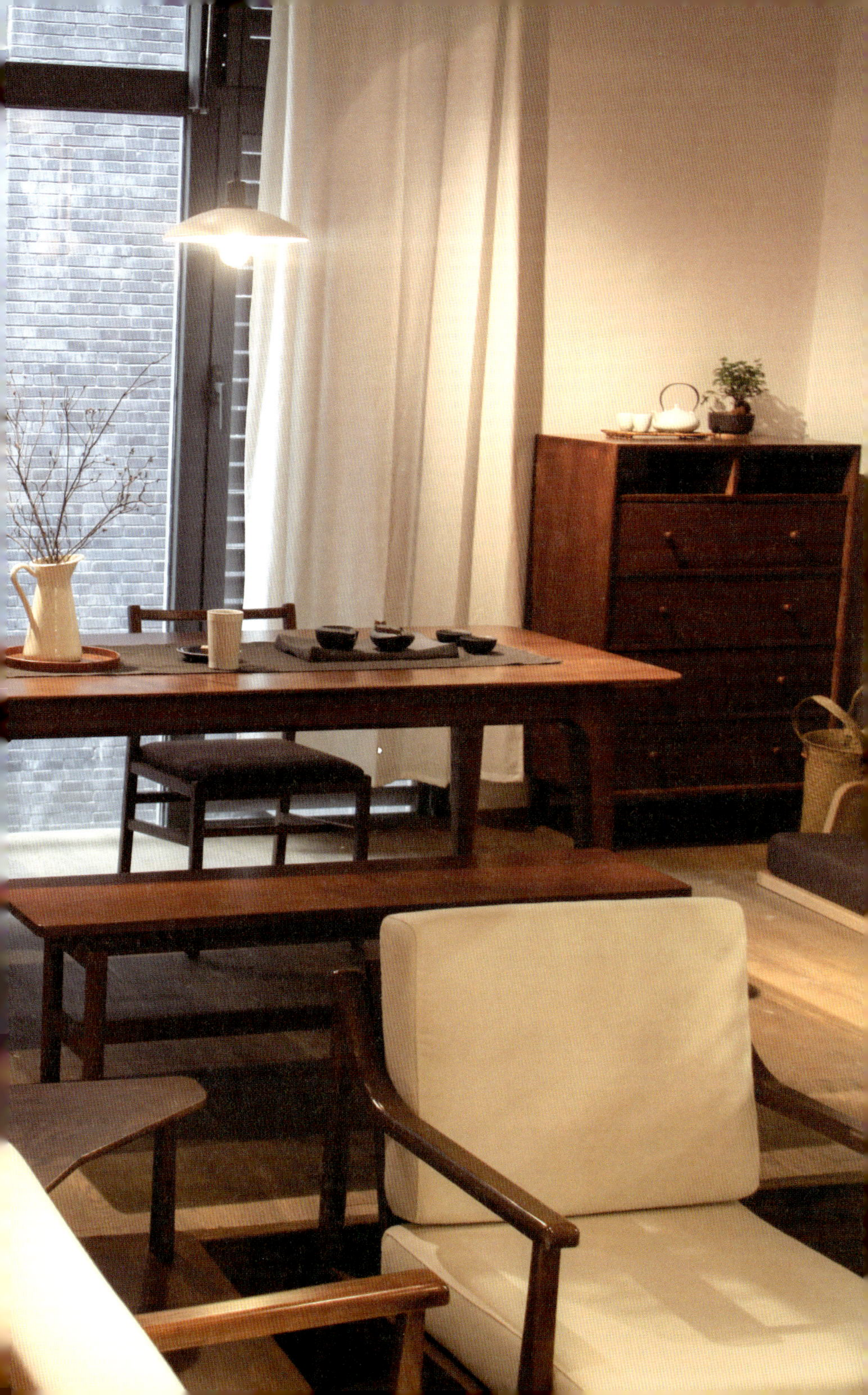

日用之美、平常之美，无时无刻地将我们生活中的器物，小心翼翼地包裹起来，然后又拉着它们，偷偷地躲进我们平常的生活里。

平平淡淡的日子，每一件小事，每一件器物，时不时让人觉得，好像从一开始就像被精心挑选出来的一样，他们和我们彼此照映着、相互絮叨着……在这个亲昵的过程中，一个个珍稀的魂灵，以及它们生长出的世界，便会在我们眼前渐次地清晰了起来。

每个人都以各种方式与我们所创造的器物互动着，也许简单，也许复杂。这种互动，才会让我们发现自己，才会反复审视我们是谁，我们在哪里。

器物帮助我们形成了自己的身份，在这个过程中，它们也把意义注入我们的视觉和周遭的环境之中。就像彼得·伯格和卢克曼在《现实的社会建构》的书里写的那样，人们所有的生命体验都被整合到这个世界中，一切实际事物、行为和制度在这个世界中找到自己所对应的位置后，方能获得意义。

这个意义应该就是关于人们创造出一个物的世界，并与之建立起密不可分的关系的根本逻辑吧。这个逻辑的背后，是我们对自然或社会事物的认识，是我们给对象事物所赋予的那些含义，也是事物之所以存在的原因、作用以及其映射给我们的价值。

作为与人共处而构成整个世界的器物，无论是一个碗，一个咖啡壶，一幅画还是一个雕塑，它们往往是我们对生活的态度的延展。虽然，器物并不是我们身份形成过程中的唯一介质，但却能为我们的生活提供了积极的互动的可能，帮助我们确定了自己的身份，并将我们的身份传达给他人。反过来我们也定义了它们，进而又使其呈现出新的意义，它们又继续去影响着他人。而这个相互影响相互补偿的过程，恰恰决定着我们对意义的理解，对价值的判断，影响着我们所有的喜怒哀乐。

对我们而言，对周围世界的感知并不是对它的真实的描述，而是我们大脑对客观世界的意义的主观反映。虽然程度不同，但我们都活在一个相对自己而言的"真实"世界里，归根结底，它们是感觉，是与日常的事物密切关联而产生的感觉。

每一个人的大脑，反映的都是自我所感知的世界，一个主观的世界，自我的世界。

每个人，都将记忆、价值和经历储存在身外之物中，万事万物，都在表达着人的心灵现实。我们看到和感受到的一切现象，都是心灵现实的一部分，而不是与我们没有任何关联的客观对象。

那些所谓的日常，和陪伴我们的日常器物，只要是踏踏实实的，只要是把那些曾经的好都放在心里，纵使简陋，我们爱它也深。因为它们已经是我们生命的一部分了，而且在我们生命迭代中，不断修订。

日常生活其实是我们所理解的现实，是一个具有主观意义的规整的自适世界。

捕风捉影

万物皆有生命，万物皆有故事。

两年前挂在院子树杈上的小铁铃，今天又被偷偷跑过来的风弄响了。刹那间，小院就被这叮当的铃声灌满了。自从小院里有了这个被古人称作铁马的小铃铛，院子里便有了风的声音，风的模样，也就有了四季。

铃声扑面，光影斑驳。一切仿如北宋曹组在那首《如梦令》里，写下的那句：风动一庭花影。于是，一直躲在日子后面，偷偷窥视的风，就这样被花影捕捉到了，无论它是否情愿，也没法再躲起来，也只能跑出来，加入我们，变成了日子和诗的一部分。

那一庭花影，摇晃着日子，也让我们在真实的知觉和虚幻的感觉之间循环往复着。

影子用特有的虚幻，映射出物体在真实世界的轮廓，却又用这种虚幻，让我们觉得，仿如与它隔着一个世界。比影子更加虚幻的风也是一样，因为始终捕捉不到它的模样，也让我们似乎感觉到，它可能来自另一个世界的神秘。

"虚"是相对于"实"的，是我们的大脑，基于对现实的记忆和经验，产生出的更进一步的感觉、联想或想象，虽然看不见

雪后风中的风铃

摸不着，却又能从脑海里储存的原有的概念，体味出那些虚像和空灵的映像，换个角度而言，这其实是作为生命有机体的大脑，主动组织原有的记忆和经验来解释外界客体和事件的产生的感觉信息的加工过程，也就是我们所说的知觉。

知觉并不是一种被动的印象和感觉因素的结合。我们对周边秩序的知觉，是通过观察周围事物提供的信息，来预测它们的变化规律的。而对事物的意义的知觉，我们是根据过去积累的知识经验判断它的。

真实，是因为那一庭花，完全是我们经历过的现实世界中的一个片段，它曾经与我们发生过许多真实的关系，也赋予了我们真正的意义和许多关于现实生活的联想。而那一庭花的影子，是与我们隔着一个世界的梦境，它带着我们切换到另一个叫做梦的世界，那是一个没有天，也没有地的，没有一种参照的环境，没有精确的距离感，我们混沌于没有界限的天地之间，飘忽着。

梦里面的体验，往往要比现实生活中的体验更加真实和纯粹。"因为在人类的体验中，似乎只存在那么一个领域，不是植根在社会情境与结构之中，这就是梦。"哈布瓦赫这样来解释着梦。抛开了社会情境与结构的束缚，一切从现实领域里被转送到精神世界的时候，梦里面的所有事物都变得完美起来。原本那貌似实在的知觉，也变得虚幻起来，就这样直到我们醒来，从那个纯粹和完美中跳将出来，重新切换回现实的世界，我们才开始怀疑那花影的真实性。

这种怀疑其实是内心的无限性和外在的有限性之间的不停

地转换而造成的。花与现实中的人生没有任何距离，而花的倒影和现实人生是有距离的，光线被花挡住而形成的阴影，映射出花在真实世界的轮廓，而花的影子又不是真实的世界，世界的虚与实，距离的有与无，在这有限和无限之间，头脑中的画面不断地经历着一场思辨性和文学性的变化。

逐渐地，外在的有限性的边际越来越清晰，而内心的无限性却变得越发无限。于是，所有的想象，在我们原有的记忆和经验的基础上，被逐渐地添加起来，而这种添加，其实是基于当时的环境，当时的心情，完成的记忆和经验的二次加工过程。这个过程也是一个由客观认知的有限性，到主观想象的无限性的转化过程，于是，眼中的世界变成了心中的世界，那貌似没有任何意义的客观世界，也随着我们的心情变得无限起来了。这一切就仿若

哈尔滨兆麟公园铁桥

庄周在梦中梦到自己变成了蝴蝶，栩栩然，自喻适志与。

　　这样，我们就在不自觉中，完成了把审美主体幻化成审美客体的移情转换过程，也就是我们说的审美移情。这是一个物为人化或者人为物化的过程，在这个过程中，我们完成了物我同一，

莫奈 《池塘的睡莲》

而事物的意义也就在这个过程中，被我们的记忆和经验所赋予了，也让我们体会到了"游濠梁见鱼之乐"的快乐了。

在美术馆遇到莫奈画的池塘的睡莲时就是这样。画里面的那座桥，不就是小时候在兆麟公园的那座小桥吗？

七月的哈尔滨已经开始热起来了，小桥下面的水面上漂着树叶，变成了墨绿色，但却丝毫遮挡不住水底那些茂盛的青绿色水草，一簇簇的葱绿色小睡莲被它们托着，在微风的水面上，懒散地躲着树荫，漫不经心地向着阳光荡去。

各种绿色搅和在一起，和着哈尔滨短暂的夏天特有的那种湿湿的潮气，在蓝天的衬托下，又重新倒映回水面上，在水波搅散的阳光的掺和下，彻底地混合在一起了，所有的色彩似乎清晰，又似乎那么难以分辨，这像极了莫奈的画。走近的时候，你看到的是一块块纠缠在一起的颜色，退远了，却是一片朦朦胧胧的池塘的景象。

已经记不清那座桥的样子和颜色了，也许是桥两边的垂柳把它的样子拂乱了，也许是离家太久，它已经变成了记忆中的模糊的概念。也许，它就应该以这样的状态，被储存在记忆里吧！似有似无的，等待着某种意义的出现，等待着那种无法描述的触动。

这种触动，应该就是罗素所描述的那种未分化的、转瞬即逝的点状"冲击"感受吧。这是人最纯粹的感觉。而那个意义，就是具体可感知的，足以让我们自己面对自己内心的隐喻。

虚构之境

从物质世界的角度,影子是没有任何意义的,它的意义完全是我们赋予的。

花草树木是客观存在的,而在光线下形成的影子是虚幻的,虽然与现实生活没有什么直接的关联,却是我们生活的完整的映射。看到它,就会立刻联想到它的主体物的模样、色彩还有关于它的记忆,就好像我们在看一幅漂亮的画一样,这就是形象的直觉,是美感的经验。

这一切,就像在烟花三月的扬州,遇到的那片画着点点梅花的、永乐年间的青花瓷残片一样。和着三月江南暖阳,看似漫不经心的圈圈点点,随意的线条,似花非花,似影非影,却勾勒出了我们内心中的梅花的样子。远尘淡墨的寥寥数笔,肆意地晕散、流淌着的青色,却让我们看见了岁月浮华,染青了的流年。

这应该是一片普通得不能再普通的民窑瓷片了,也许只是一个普通百姓家的一个盘子,或者一个罐子的残片,而且,表面也已经被日子消磨得失去了光泽,但如果仔细端详,还能再找到那青色里的铁锈斑痕。

那青色可能就是三宝太监下西洋,从伊拉克的萨马拉地区带回的那批"苏麻离青"料烧制的,也可能没那么金贵,毕竟苏麻

永乐年间的青花瓷残片

离青当时已经用在大明朝专设于浮梁县之景德镇的内府烧造了，而很多老百姓也只能用产自江西瑞州的石子青将就一下了。

中国传统器物总是有一个很好玩的规律，无论是器型还是装饰图案，始终都是由皇家到民间完成了从繁到简的过程，连原材料的使用也是一样，从贵重到廉价地划分着社会的阶级。

虽然石子青的颜色没有苏麻离青那么的浓艳明快，器型也没有内府烧造的那么精美，但这一切丝毫都不影响人们对好日子的描摹和期盼，因为原本在中国人心中，就有从山川草木中，都可以找到灵魂的这样的想象。天地万物，都被赋予了独有的客观含义和价值取向，并且被拉进一天天的日子里，完成了与人们的生命状态、人生境界等多个层面的融合和升华。

青胎、素描、慢拂弦。

这青色的梅花，用不经意的线条，缓慢又肆意地牵着每个人入梦，又拂乱了每个人的梦境。那梦境里，依稀是那个明月恍惚的夜晚，被后唐大将郭崇韬所房，独对寒窗的李夫人，对月空自怜，却发现了徘徊于窗纸上婆娑竹影，便寄情于笔墨，以泪研墨，将这些竹影描摹在窗户纸上。

于是，水晕开了月光，化开了浓墨，在窗纸上，留下了那片南风吹乱的、庭前翠竹的影子，也排遣着李夫人的闺中愁绪。

这应该不是简单的影子。其实，在中国人的内心中，影子从来都不是简单的。影成了"虚"景中的主角，完成了虚实交融，又以虚破实完成了化实为虚，从而，诠释了两个世界之间的关系：一个是我们眼里的"真实"世界，一个是影借助"真实"世界创造的虚构世界。当我们意识到这个的时候，我们已经发现了这两个世界之间令人信服的关系或意义。

这就是章学诚所谓的"天地自然之象"与"人心营构之象"吧。落在窗纸上的，应该还有树影、人影……但李夫人却只是留下了竹影，想必是想通过这墨竹，来表达萧然风雪意，可折不可辱的意思吧。

在中国传统文化和生活里，万物都是蕴涵着一定的道理和品格的，都可作为人的道德和理想的象征。在我们的观念中，一直试图通过伟大的自然之物，来印证人生的境界和品格，我们习惯将自然物的某些特点，与人的品德相联系，再借助人的道德品格、情操的象征，赋予自然物以道德意义。

张潮就在《幽梦影》中，发下了人生之愿：愿在木而为樗，愿在草而为蓍，愿在鸟而为鸥，愿在兽而为麂，愿在虫而为蝶，愿在鱼而为鲲。

竹影转化成的墨竹，变成了人与周遭事物的对话的载体。花影、树影、人影以及所有的影子都一样，它们像一支蘸满了墨的毛笔，在它们喜欢的地方随意地涂抹着……于是马路上、墙面上、窗台上、拐角处、门洞里都变成了它们眼中的宣纸，不管人家愿不愿意，影子都会跑过去，在它们身上慢慢地晕染开来。

那只拿着毛笔的手，应该是时光吧！是它让影子与那些处于静止状态的事物彼此连通起来，相互渗透，又各自都延伸到对方中去了。这个世界，就是影子从有到无的移动过程中的各个片段组成的，时间和空间在这个过程中，不断地完成着迭代，影子介于两者之间，把事物的轮廓完全单向地映射出来，一步步地移动着、融合着，构建着与"真实"世界的一种高度相似，却是一种失真的相似。

今晚的月亮只圆了一半，院子里，白天相视而立的两棵枣树，又通过影子走到了一起，暗暗地变化着位置，悄悄地挪动着身子。树影慢慢地漫开，又被木栅栏透过的光，次第地切分着……

影移景异

"粉墙花影自重重""云破月来花弄影"。

中国古人最能在这万物变化的细微之处明察秋毫，发现那种独有的意境和雅趣，并以此为依据，参悟着自然的智慧，以一种特有的而充满画意的形式精确地再现着自然。

数仞白墙黛瓦，几扇漏窗，一片修竹，几块湖石，一潭池水，就在自家的园子里，轻轻松松地描绘出了心中的那片风景。那风景应该是三两好友卧游的时候，那幅精彩的山水画，抑或是曲水流觞的时候，那片迷人的山坳，也可能是进京赶考的路上，歇脚的那片竹林……

这一切皆已入心，所以定可入画。

也许是完全不满足画中的那片山水，也许是遐思飘渺的远方，往往凭一次偶然的不经意面对，便常常留恋终生，印在记忆之中。

江山昔游，对景思画。古人凭借着那份执念，移景入园，在悬浮的想象与真实之间，从大自然的花草树木的个人体验中抽离出来，跨越时空的限制，力图用新的空间模式和构思模式，将这些具有个人固定意义的画面，转化成为一种叙事性的文本。用自然万物的形形色色，画出了一个自己内心的世界。

虽然，这仅仅是自然世界的缩影，却是对梦想最精致的表达方式，对社会行为的普通范式的个性化诠释。

"人禽、宫室、器用皆有常形，至于山石竹木水波烟云，虽无常形而有常理。"苏东坡在《净因院画记》思考着万物和人的关系，这也代表着当时文人士大夫对日常生活的思考，他们忠实于绘画布局的形式法则，以画入园，完成了自然与自我之间的互相成就，完成了与天地间万物的互动。

中国传统冰裂纹窗

他们心中的园林，是内心精神的外在物化。自然的灵动和自由的概念，是最适合用在个人风格的表述上的，而树、石的姿势，自然状态的不加修饰与不受拘束，恰恰散发着人的气质和生活态度，映射着人们对自在、逍遥的追求。

"万物静观皆自得"。这里的"自然",也早已经不再仅仅是顺应环境规则下所呈现的一种状态,它成为一种秩序,一种在社会特定的语义下形成的客观含义。此时的树已非树,山亦非山了。当年,何芷舠在扬州的何园,取其寓意为母亲种下了一棵女贞树,也将当时慈禧太后赏赐的广玉兰树,移入园内,应该便是此意吧!许是借物喻理,或是借物喻人、借物抒情……自然万物所形成的自然形态和曲线潜在的喻义,完全已经被化为己用,在已形成的语言中独辟蹊径形成了的新的语言。

这种新的语言编码解码方式,是此处无声胜有声的知音独觅,还是欲说还休的无奈与反抗,也许从晚明文人对文徵明的"避居山水"的绘画风格的广为赏识和推崇,就能品出个中滋味吧。

"顿开尘外想,拟入画中行"。于是,铺白墙在天地之间为纸,花草树木,翠竹湖石,托墙而生为画,或观赏或穿越,走进去又走出来,那种心与自然合二为一的风景,最终住进了我们的心里面,正如我们的心早已住在它里面一样。

这一切,解了每每回忆之后的落寞和空荡,也解了每次慢慢打开画轴,却无法置身其中之苦。终于可以心甘情愿地,一头栽进那貌似模糊又清晰的梦中山水之间了。于是,终于可以借书满架,偃仰啸歌;冥然兀坐,万籁有声;庭阶寂寂,小鸟时来啄食,人至不去。三五之夜,明月半墙了。

此刻白墙,依然如纸。而月影却应如墨,或浓或淡地渲染着整个园子。在影子的影响下,所有的事物在我们的记忆和经验里的状态及相互之间的关系都改变了。"影"给人的印象是，光被物体遮挡后产生的"像"，这个像又有别于我们常说的像。

树影婆娑，花影摇曳，蝉声如雨，伴着薄云，在园子里弥漫开来……本来处于静止状态的景物，被影子连通了起来，相互之间渗透着，各自延伸到对方中，又映照在白墙上面。影移景异，周遭的一切，都遁入影子里，失去了原有的形象和形式，也失去了固有的颜色，一切都在一种默默的状态下，流动着、变化着。

空间和时间是一切事物存在的基本形式。我们与事物接触所产生的记忆和经验，总是需要依赖时间和空间来完成定位的。每个事物都在一定的时间内，按照一定的位置，一定的状态发展和变化着，而它们呈现出的持续性、间隔性和顺序性的轨迹就是时间。

空间是实的，时间是虚的。"影移"标志着运动和位移，描绘着时间的变化，而"景异"因时间的推移而派生出的视觉效果的改变。影子的移动，与中国传统园林的主导思想的"步移景异"，产生了异曲同工之妙！如果说人的视线点改变了，所有的景物原有状态及相互之间的关系都改变了，是一个有计划的偶然中的必然，那影子的出现，却又徒添了另一种无法控制的偶然之美。

如影随形，由影知形。漏窗交织，花影、竹影依然在白墙上浮动着，但今日之影亦非昨日那片了。

好像总有些日子的某个片段，不知不觉地把影子落在了原地。

看得见的风

日本的能乐理论中有一句话,叫"风姿花传"。就是说风是无形的,你怎么见到它呢?是通过有形的花的姿态。

应该也没有人真正了解风的样子,也没有人知道风的味道,因为风是无形的,是无色、无味的。于是我们借助了某些载体,试图去发现它,感知它。比如风铃,比如扇子,还有那花被晃动的姿态,或是树叶晃动时候留在院子里的影子。

风是周围空气压力产生的细微变化。我们的触觉得以感知,像温柔的手与肌肤之间的婆娑,肌肤产生触动,感受到了微痒,瞬间警觉之后的安全,让我们感觉放松与舒服。当人们的感觉被这些外界的变化触动的时候,人们为带来这种感觉的东西赋予了一个概念,叫"风"。

但触觉感觉所产生的快感,远远不及视觉来得那么直接。树影摩挲,湖水涟漪,流云舒卷,炊烟袅袅,我们看不见风,却知风起,我们不知道它的样子,却发现,它偷偷地躲在了其他东西的后面。

气之流动,被我们称作"风"。大概,我们看不见,却能感知其流动的事物,都被冠以"风"予以说明了吧。风物、风景、风气、话风、风骨、风度、风情、风雅、风趣……这种如风

夏天客厅的一角

般细微的触感,应该也是中国人才有的细腻情感吧。中国汉字的最大魅力就在于可以给予无限想象,并可进退自如,可攻可守。就如我们所说的风景,"景"其实是由光对物的反映所显露出来的一种影像，一个"风"字便把这个影像瞬间飘忽起来了，基于"风"这个字，我们的想象也变得任由自己的内心荡漾了起来。

但总有一些无风的日子，让人觉得似乎缺了点什么，那感觉

戴森（Dyson）电风扇

很像每天在做着习以为常的事，突然因为莫名的原因，停顿下来了而产生的不习惯。于是，人们借助各种道具，各样工具，模拟出自然的风，试图找回那份与自然的亲近与亲切，找回那种不舍的习惯。

就好像那酷暑，让人热得无所适从的傍晚，不知从哪里吹来一丝儿风，瞬间就让我们莫名的心情安静了，我们顺着风的手指望过去，结果看到了一片晚霞。

第一次看到戴森的电风扇的时候，就是这样的感觉。那个没有叶片的机器，更像是我们头脑中对风的本质的主观印象，那就是我们心里的风：看不见、闻不着，却可以找到它吹来的方向。

柏拉图在《理想国》中说："床不是有三种吗？第一种是自然中本有的，我想无妨说是神创造的，因此没有旁人能制造它；第二种是木匠制造的；第三种是画家制造的。"风也应该一样吧，因为我们看不见也摸不到，理所当然地就觉得它是神造出来的，所谓的自然中本有的，为了留住它，我们的工匠们制造了各种器物，而很多时候，我们又用它来形容那些无限飘渺的东西。

风铎鸣四端

能够把无形的"风",借助他物得以感知和表达,这应该就是人们造物的智慧。

唐朝开元天宝年间,惠文太子岐王李范,用绳子串起一些碎的玉片,挂在自己宫中的竹林里,起风的日子里,就能听到碎玉片互相碰撞,叮叮当当发出清脆的声音,这样,就知道有风来了,李范给它起了个好听的名字叫占风铎。

名字不仅好听,也很美。在风铎前面加了个占卜的占字,以小明大、以微见著,小小的风铎也许能让我们听到风的音色,但又有些许的不确定性,于是或多或少地平添些听天由命的感觉,也增添了意外的惊喜。

"前对多宝塔,风铎鸣四端。"白居易写下了他眼里初秋深山古寺的景象。风铎,其实是一种小铁铃或者铜铃,一般悬挂在古代的寺庙或者塔的檐下,风吹过的时候,下面被称为铎舌的小铁片,撞击铎体,就会发出清脆的声音。

风铎是一种测风的器具。有了它,我们就可以通过声音的大小来判断风了。而且,这种声音还可以赶走喜欢在房檐下做窝筑巢的小鸟们,对于习惯于雕梁画栋,又基本都是木质结构的中国古代建筑,风铎又摇身变成了惊雀铃,不仅平添了几分灵动,也

大殿檐下的风铎

起到了保护的作用。

蓝蓝的天空下，红砖碧瓦做衬底。一群栖息在梁间的鸟儿，经不起风铎声的惊吓，在梁上描绘的各色故事前，飞舞着、追逐着……檐牙高啄，鸟鸣声夹杂着风铃声，在风声中飘荡着。风铃声像投入水中的那个石子，激起了一片片的涟漪，让我们平常得不能再平常的日子里，徒添了些许的诗情画意。这一切，都应该归功于风，但归根究底还是人造物的智慧。

在日本，偶尔还能看到将类似风铎形状的东西，一个个地穿起来，倒挂在屋檐下的，仔细探究，才发现这是用来引雨水的，下雨的时候，雨滴顺着这个倒挂的风铎流下来。雨急，便是一片叮叮咚咚的声音；雨缓，则是徐徐的丁零之声。雨水敲打着叶面，敲打着屋顶的瓦片，而那一串风铎，却漫不经心地和着。

此刻，应有一杯清茶，一本入得自己眼的书。

雨的声音还是有区别的，夏天的雨和秋天的雨就是那么不一样。六月的雨是来得那么的雄赳赳，因为他们在春天已经证明了他们的价值，所以来得那么自信，来得那么张扬，所有在春天被恩惠过的叶子，也在这个时候纷纷响应起来，作为回报，他们一起用身体把雨滴弹起来，接住，再弹起来。

夏天的雨是有回响的，更像很多人一起对希望的欢呼。

而十月的秋雨，却来得有点垂头丧气，有些落寞，似乎想赶紧完成任务，让自己摇身一变，变成雪花来带给大家惊喜。叶子们也不再专心应和了，仿佛预料到了自己下一步的境遇，他们蜷起身体，默默地，似乎在思考着什么，我要随他而去吗？我要和他一起渗入泥土中吗？我们再也没有听到叶子们的回响，在我们耳边的，反倒是叶子之间为了躲闪雨滴彼此相互的摩擦声。

雨声如此，风亦然，这便是一个又一个稀松平常偶或夹杂着一些小动荡的日子。

风的音色

春、夏、秋、冬的风，或轻抚，或推搡，或悄悄地跑到风铃身后，轻轻地吹一口气，不断地捉弄着风铃，风铃也只能无奈地摇摇头，用各种不同的声音埋怨着。于是，伴随着风的吹动而发出的风铃声，四季就以其完全不同的姿态出现在我们的脑海里了。

这应该是类似望梅止渴的那种条件反射吧。风铃因为风的作用，而产生声音，彼此的因果关系，让我们在记忆和经验里将二者紧密地联系起来，大脑中潜意识就会产生"风铃声就是风吹动"的感觉，由此影响着末梢神经的变化，从而使其他感官产生相应的反应。换而言之，就是大脑通过风铃和风的联系，产生的通感，使末梢神经的活动发生变化，而使体温产生变化。

风声、雨声、鸟鸣声，隐约，蔓延，我们的日子也随之平静或焦灼。

生活像一个配音大师，躲在幕后，安静地拿着铅笔在五线谱上，解读着所有的声音和情绪。

还记得每天整个世界在睡梦中醒来，周遭一片逐渐嘈杂的声音吧。耳边的声音由清晰转到混沌，再由混沌逐渐消失，逐渐熟悉起来又逐渐陌生，听觉替代了所有的感知系统，努力地为我们捕捉着那些飘忽着的，让人无法确定的一切。单一感官的触碰似乎让我们的内心更加敏感、更能共鸣了，它引导我们更加仔细地去聆听、去感知。最终，我们会感受到云在身边飘过的窸窣，夕阳落山的细语，雪浪寒声的静谧和月明星稀的喧嚣。

人与器物之间一定存在着某种无法言传的联系。

也许是光线、也许是空气、也许是声音或气味、也许是某种看不见的东西，在人与物之间，在物与物之间，在物与环境之间；在时间的共同作用下。

一切物体，都在振动。当振动产生的波，通过介质传播，被我们的听觉器官所感知时，再通过辨识，我们便"听"到了声音。

"听"，其实就是我们对于这种感觉过程的一个定义。"声"指的就是物体振动时所产生的能引起听觉的波。"音"则是指的是物体振动时对外界产生的一种作用效果。这种效果对于人来说，就是我们所听到的声的意义。

每天，我们要听到很多的声音。从与他人的基本交流说话，到周遭的所有事物，声音无处不在，时刻发生。即便在嘈杂的环境下，我们依然能够选择听到我们想要听到的声音。但有时，我们听到了同样的声，却有不同理解的音。

林中鸟雀，雨打落叶，午后蝉鸣，涓涓流水……自然的声音总会让人感觉清爽愉悦。

在安静的周围，响起这样的声音，是清晰的，干净的，可以分辨的自然之音。大概，这是我们人类与生俱来所听到的，镌刻在我们基因里的最初之音吧。

嘈杂、喧闹，是城市生活的背景声。

大概是因为城市聚集了太多的物与人。每一样事物，都在释放着自己的波。波和波交织在一起，相互扰动，时常让人觉得无法分辨，成了让人心烦的噪音，内心无法平静。

有些声音，随着器物消失了，就好像这城市里来来往往的人，有的转过街角，有的走进了胡同口，便再也寻不见了。小时候，放学的路上，总能遇到卖酱油的马车。那个卖酱油的人，一手牵着马，一手摇着一个铁皮做的拨浪鼓，咚咙咚咙……

东北的冬天一般四点就黑天了，充满硫磺味儿的空气，将拨浪鼓的声音压得闷闷的，在无法感受到太阳，一切笼罩在灰蒙蒙里的傍晚里，偶尔会听到那个人的一声吆喝：正阳河酱油……

那吆喝声在被冻住的北风里，变得那么的小心，那么的不确定和犹豫。

哈尔滨的冬天依然还是那样没有变化，但已经再也寻不到那个马车了。那吆喝声也被那嘈杂的汽车喇叭声覆盖了……声音里，装着的我们的生活和故事，似乎再也寻不到了。还好，每次回家，在楼道里，还能依稀听到妈妈的喊回家吃饭的声音。

现如今，日渐消失的不仅仅是这些曾经熟悉的声音，还有我们生活的一部分。

城市的发展总是日新月异，新的事物在带来新鲜感的同时，也带来了陌生感。一些声音、东西和生活，消逝得太快，让我们这些人在城市里，总找不到熟悉的温暖。

《肖申克的救赎》里的安迪，因为偷偷摸摸地跑进广播室擅自播放莫扎特《费加罗的婚礼》，被关了两周禁闭。当莫扎特的音乐在空中炸响时，所有的犯人都抬起了头，镜头中，他们的绝望的眼神，流露出难得一见的憧憬。

同伴瑞德问安迪：你是否度日如年？他回答"还好有莫扎特一直陪着我"。

声音的肌理

日本俳句大师松尾芭蕉有句经典的俳句："深夜古池边，青蛙跳进水中央。"读到这段文字，眼前刹那间就出现了深夜水边的画面。我从小生活在北方，是没有对池塘的记忆的。我大脑里映射出的，是我们那边周边长满灌木，被称作水泡子的景象。如果换做生活在南方，真正有池塘记忆的人，想必头脑中应该是一片长满青苔，在皎洁的月光下，泛起涟漪的画面。

一个"跳"字，又仿佛让我们看到了青蛙一跃跳入水面的样子，也好像听到了青蛙跳进水面的声音，也让我们似乎闻到了夏天在水边，杂草和水汽相混合的味道，找到了水汽扑到皮肤上的感觉。

寥寥几个字，视觉、听觉、触觉、嗅觉就全被调动了起来。虽然记忆和经验的提取，不是一个简单的复制的过程，而是一个基于不同的思维方式和不同的文化背景，重新构建的过程。但依赖于记忆和经验的画面已经油然在眼前，那个声音也由耳边掠过，各个感官通过各种感觉，开始不停地互动，彼此之间补充着。客观事实赋予了我们的主观意义，让我们好像跨过时空，真切地回到那个场景中。一切逐渐变得真实起来，一切又随着我们的内心幻化起来，所有的回忆便也被勾起，喷涌出来。

这应该就是诗的魅力吧。文字是真实的，完成了真实世界的片段的客观描述，但产生的通感，却像那一庭花影一样，字数越少，边界越模糊，给我们的想象空间就越大。记忆和经验，依赖各种感觉进行判断、比对，这个过程就是我们的回忆被唤醒的过程吧。事实上，当我们的感官对真实的景象、声音起作用的时候，它们会从现实领域里被转送到精神世界里。很多时候，回忆是因为某些刺激，根据当时所处的环境和场景，对原有记忆的二次加工过程。

这次是因为松尾芭蕉俳句里的池塘，而下一次，也许是因为遇到一片真的池塘。诗性，就这样，在人类灵魂深处偷偷地隐藏着，等着被一触即发。

悦耳的声音不但是一种感觉，还是一个物理量。人们放松身心、清醒状态的时候，脑波的频率为 8~13 赫兹，振幅为 20~100 微伏。风铃与铎舌短暂的撞击声，恰恰可以诱发这种被称为 α 脑电波的产生。这种 α 脑电波是激活人的潜意识的主要路径，它的振荡平均为 10 次 / 秒。风铃的振幅与它非常相似，风铃的声音经过听觉，激活了人的潜意识。我们大脑中就开始产生画面了，这个画面又逐渐开始影响着我们的触觉。

夏天的风铃就是这样，在一个又一个闷热的傍晚，被微风吹动的风铃，变为凉爽音色传入我们的耳中，而在我们的潜意识里，却反映出的是一种记忆里的那种清凉感。那一瞬间，似乎好像有一股凉风掠过我们的皮肤，一丝凉意在划过我们的意识。

这个很像修辞手法里，被称作"移觉"的通感。某一感官被周边微小的变化所触动，不同感官的感觉就会迅速地反应并且沟通起来，凭借着联想，彼此之间完成着感觉的转移。这个时候，颜色似乎有了温度，声音似乎有了形象，冷暖也有了重量。

视觉、听觉、触觉、嗅觉等各种器官，是可以因为某个刺激而开始互相沟通的，而且没有明显的界限，转换自如，这是我们共有的一种生理、心理现象。也许是因为一个声音，一个味道或者一段文字。

回忆往事是人类的大快乐之一，克洛德·列维－施特劳斯在《忧郁的热带》写到，如果记忆真正照本宣科什么都重新来过的话，很少有人会愿意去再经历一次他们所津津乐道的疲倦与痛苦。

记忆是生命本身，但是是另外一种性质的生命。

人类的记忆连接着现实中所有事物的形体、色彩和材料，这些是人无法逃离的，而对这些的追溯，是我们获得感觉和意义的一条路径。事实上，我们其实是生活在从过去到将来的一个完整连续的时间里，那些作为过去记忆的所谓的昨天，刚刚发生的今天和将来梦想的明天，不过是我们对某种时段范围的记录和表达。漫长的人类历史把种种记忆和经验注入我们的基因当中，我们就这样在似乎一无所知，却又好像似曾相识的状态下，在历史描绘的地图上，摸索着前行。

记忆和经验其实是脱离不了客观的社会历史框架的，这个框架其实就是我们称为知识的一个部分。人类知识在社会中是以先验的形式呈现的，舍勒也是这样说的，它先于个人经验并为其提供意义秩序。这一秩序尽管与特定的社会历史情境有关，但对个体来说是一种看待世界的自然方式。

留声机

留声机

每个人都在纷乱的世界寻找着自己的归宿和归属，竭尽全力为自己的心建一座庙宇。而那庙里的钟声，就是我们苦苦寻找的回声。屋檐上的风铃，在风中叮叮当当的，催促着我们，催促着我们去找到自己内心的回声。

很多时候，故事从随便一个日子里开始，又在随便一个日子里下落不明。虽然，我们总是希望留下些什么……

还好，我们找到了很多方法和手段，记录下来了影像，记录下来了声音。这些被记录下来的，永远指向着过去，声音也是。

即使是一刹那，我们能够感知到的声响，也已经是发生过的了。就如同它来得匆忙，声音的离去也如白驹过隙，如时间的流逝、水纹的消散。人们记录下来的声音，始终是对逝去声音的模拟和还原。

无论怎样，我们用心，捕捉到了它的意义。

前些日子，把在旧货市场里淘来的留声机，收拾了出来。20世纪70年代的老货，上海电子科技二厂产的美旋牌，外形上是一个手提箱的造型，盒盖、把手。大致在那个年代，人们就意识到美妙的声音，应该随着人们的需要，方便移动，让声音传播得更远。

人大抵是有一些情结、执念，甚至是未知的某种东西，这无关明面的欲望或利益，就是心里某个角落的柔软。如夜里的小明灯，嗯，亮了就好。

捣鼓了大半天，终于让它又再次转了起来，放上一张老唱片，看着唱针在唱片上一圈一圈地爬着，那种久违的声音真的出来了。唱片和唱针其实是记录声音的一个比较原始的方法，唱片上密密的细纹，其实就是声波的形状。唱针沿着这个波形形成波动，就复原了声音。这种模拟的还原也许比不上现在的数码技术，但恰恰是这样的缺憾，带给了我们更多的遐想。

罗兰·巴特用"声音的纹理"来描述声音的身体性，它不表现任何东西，不论是想象还是意义。声音的这一深层身体属性虽然没什么含义，但却给人带来感官的愉悦："有什么东西在那儿，不容忽略，顽固执着（人们听到的只有它），超越了歌词的意义……"

唱片缓慢地转起来的时候，一切都变了……照进房间的阳光好像回到了唱片出来的那个年代，周边的一切也变得暗了下来，足以让人安静下来，仔仔细细地捕捉唱针和唱片之间的极其细微的摩擦。这份安静，让那个永远指向过去的声音，带我们重新走回过去，这样的一次貌似漫不经心的回忆，也许恰恰来自某种处心积虑。

当人类的情感引导着声音的变化和流动时，音乐就诞生了，时而高亢、时而低沉，既可以来自人们自己的喉咙，也可以是通过与器物之间的互动而产生。对音乐的感知，也许是由人的先验性决定的吧，美好、舒适的声音，似乎都有着共通的体悟。

在没有留声机的年代，记录下声音，是一件很难的事情。口口传诵的歌曲，总会随着时间而失去它原本的样子。即便是有了乐谱，要能够听到这首音乐最初的样子，也几乎不可能，再次的表达，已经是又一次的诠释。

也许，音乐艺术的魅力，恰恰就是让不同时空中的人们，因为相同的一段旋律而在心领神会中相知相遇吧。就是那一刻，那一瞬间的情感，交织在了一起，形成了感动的瞬间。

正是声音的自然流逝、不可重复，以及那时、那刻的情感不可还原，现场演奏的音乐会和播放唱片才有着完全不同的体验。声音在时间里刻下了自己的痕迹，不再转瞬即逝，那一段承载着美妙旋律的时间，被凝固下来。一生能够记忆的好旋律，其实是个位数的。它们被记忆有意无意地挑拣出来，念念不忘。

从声音能够被记录开始，我们对音乐的感动，不再仅仅是音乐本身，也许还有与它一起被凝结下来的时间吧！

当熟悉的旋律响起，藏在我们记忆深处的那些光影，又会随着我们的思绪，慢慢浮现出来，又随着那一口烟，慢慢与旋律一同消散开去。

需要的不仅仅是保存过去，更是对希望的一种救赎。

物为人化

器物的产生,一定脱离不开社会客观化的行为,社会制度和秩序与客观含义形成的共同的知识库,这就理所应当地把器物置入一定的社会关系中。器物也因此具有了一定的社会关系约束以及相应的人类属性。

当器物、家具、建筑和那些雕梁画栋,甚至钟、铃、塔、庙,被人为地注入了一定的思想,比如,古刹、梵音、梵钟、梵铃,并且在一定程度上,把这些来自自然的美丽音符,变成了心灵的呼唤的时候,这也就成了超越器物本身的深层含义。

晨钟暮鼓,日出而作,日落而息。钟在传统中国的生活中,一直处于不可替代的位置。敲钟击鼓,是中国传统社会的统一报时方式。古时候,在中国所有的城市建筑中,基本都会有"钟楼"和"鼓楼",而且两者对称相望,在每日清晨和傍晚之际,都会在城楼响起钟声、鼓声,用来报时,同时,也是城市管理的一种方式。

鼓楼定更击鼓、钟楼撞钟报时,每天定更的时候,相当于现在的19点至21点,先击鼓后撞钟;亮更的时候就是五更,现在的早晨3点至5点,先撞钟后击鼓。无论是定更还是亮更,都需要击鼓和撞钟的,这就是所谓的"晨钟暮鼓"和"暮鼓晨钟",

定更钟声起,城门紧闭,阻断城里与城外的联系;亮更钟声响,则城门大开,通衢开市。

击鼓和敲钟的次数是相同的,按照约定俗成的方法,基本上是"紧十八,慢十八,不紧不慢又十八。如此两遍,共一百零八下"。这是因为古人用一百零八声代表一年,一年有十二个月,二十四节气,七十二征候(古人把五天称为一候,六候为一月,一年七十二候),这些数字相加为一百零八。

"黄钟大吕,八音齐奏"。在中国金属乐器之中,钟是处于第一位重要的乐器。《天工开物》冶铸篇里就这样写道:"凡钟为金乐之首,其声一宣,大者闻十里,小者亦及里之余。"而且钟的体积比较大,《天工开物》里记录:"每口钟共费铜四万七千斤、锡四千斤、金五十两、银一百二十两于内。成器亦重二万斤,身高一丈一尺五寸,双龙蒲牢高二尺七寸,口径八尺,则今朝钟之制也。"

我们现在眼中的大钟,是秦代以后,由传统的合瓦形转变成正圆的。孙机先生认为:中国古乐钟可能是由铜铃演变而来的,它的前身是铃,印度佛塔上所悬之铃的截面呈圆形,与先秦乐钟之呈合瓦形者判然有别。及至佛法东传,中国依西域制度,也在塔上悬挂圆形铜铃。钟的造型既吸取了印度铜铃的因素,也取法于中国古乐钟;它从这两方面均受到启发,均有所取舍。

而据日本学者林谦三于《东亚乐器考》中所言:"古代的印度,有将铃铎之类与幢幡璎珞一起悬挂在佛寺塔庙上面的习俗,这样,会显得更加庄严。"

檐下风铃

应是当年，汉明帝刘庄，夜梦金人而茶饭不思，派遣使者去西域拜求佛法。三年后，汉使带着印度二位高僧迦叶摩腾、竺法兰以白马驮载佛经、佛像抵达洛阳。当印度的僧侣身背佛经，手持法器，为了传播佛法、普度众生，一步步地走到中国，定居下来传播佛法的时候，佛教艺术就不可避免地会融入中国的思想和生活方式之中。他们在中国定居下来，修了塔，建了庙，也在塔沿和大殿的屋檐下，挂上了风铃。

很多时候，我们的身边或者内心，总会有一件关于故乡的东西，一解思乡之情。印度僧侣用和故乡相同的形式完成了对故乡的回望，虽然，这不是印度洋上吹来的风，但清脆的铃声一样带来了慰藉，这种慰藉应该是我们都相信，风能捎来的故乡的讯息。

乡愁并不总是对过去的怀恋。有一些东西会让我们产生提前到来的乡愁。

这样的东西，一经我们发现，我们就知道肯定会失去它。在这些东西的面前，我们也清楚地知道，自己将来再也不会比现在更幸福。

风铃是没有生命的，却因为我们被赋予了人类的属性。

秋天的风铃声就是这样，在貌似萧瑟的景象里，叮咚一声，挑破了那一片褪色的绿，仿佛让我们跨过了沉闷的冬天，看到春风中那满眼的灰绿中，突然拱出来的一点点嫩绿。每年春天的时候，都是被风铃的声音喊到了树旁，才惊喜地发现，那枯了一冬的树杈上，已经开始拱出了嫩嫩的小绿芽了。

autum　　qiū

春秋代序

秋分了。雷始收声，蛰虫坯户。

老祖宗的节气总是那么的精准，这个标志着季节的变迁，我们自己特有的二十四个特定的节令，将时间和天地间的物象，变成了有色彩、有声音、有气息、有味道的中国时间。

二十四节气，七十二候，绘声绘色地描绘出了我们日子中的点滴细节。八月份，据说阴气渐盛，原来那轰隆隆的雷声也乖乖地躲起来了。在一场连着一场的连绵秋雨中，似乎再也听不到夏天的滚滚雷声，随之而至的是愈来愈浓的秋寒。天气逐渐阴冷寒凉，小虫子们也不在外面四处蹓跶，而是忙忙碌碌地准备食物，开始藏入穴中，并且用土将洞口封起来，防止寒气侵入。

院子里的泥土中，突然多了一些小洞，小得似乎让你无法察觉，细看片刻，也许能发现洞口的土在微微地动。

时间是人类为了感知和记录世界，而总结出来的一个参数，是我们主观制定的一个标准，一个参考坐标。为了标注下奔跑的时光，我们用各种手段，描述着，记录着……西方人选择了用印度人发明的，被称为阿拉伯数字来标注时间，而我们的老祖宗却用万物变化的表征和内在联系，用节气将整个汉民族的智慧、情感、人伦，以及对天与地与人的透彻感悟，诗意化地呈现出来。

立春时描好的《九九消寒图》

  我们在生活中总结出时间的观念，就是根据日常生活中事件的发生次序得来的。

  一年中的周期变化，决定了人们生活的各种样子。对中国人而言，一个节气到另一个节气之间，是我们必须密切感受的时序，需要我们用各种方法和手段，来标记和记录。每年冬至前的几天，我都会给自己准备好一张《九九消寒图》，从冬至第二天早上开始，每天在空格上按照笔序填上一个笔画。九九八十一天后，写满整个九个字，窗外已是柳条垂丝，春天到了。冬天也随着这笔画，一笔一画地过去了。人这一生，很像这消寒图。或点朱砂，或着浓墨，每天一笔，每天一画，经意或不经意之间，日子就这样一天天过去了。

消寒图是记录数九以后天气阴晴的"日历"，自古民间就有贴绘《九九消寒图》的习俗，它一般选用的九画字联句，一共有九九八十一个笔画，所以才叫做"九九消寒图"。消寒图为"亭前垂柳珍重待春风"。徐珂《清稗类钞·时令类》载："宣宗御制词，有'亭前垂柳珍重待春风'一句，各句九言，言各九画，其后双钩之，装潢成幅，日九九消寒图……自冬至始，日填一画，凡八十一日而毕事。"

上阴下晴雪当中，
左风右雨要分清。

《九九消寒图》

九九八十一全点尽，

春回大地草青青。

  每天仪式化的，拿起毛笔蘸好墨，把手搓热，心中便自然出现了小时候的歌谣。从冬至那天算起，以九天作一单元，连数九个九天，到九九共八十一天，冬天就过去了。这种带有中国传统文化知识的填字游戏给漫长的寒冬带来了温暖和乐趣。九九八十一天的填字结束，就该是万物复苏的春天来临了。《九九消寒图》将中国历史通俗地与传统冬令节气有机结合，凝缩在从冬至的头九到九九的短短时间内。

  这一笔一画的描摹，让我们在数九寒天，一切变得美好起来，一切都有了期望，亭前、垂柳、珍重、待、春风……

  节气是时间的度量，但并非时间的刻度，因为节气具有一定的模糊性。节气是我们对大自然关于时间形态的定义，具有描绘性的色彩。气相是序的外现，它的态势在一定程度上突破了生命力强度的尺规，每一节气都有自己独具魅力的表象。地理区域不同，景致也千差万别。节气的变化是连续的，就像运转不息的齿轮。春夏秋冬和二十四节气都是这连续中的节点，宣告着转变的起始，新生，或死亡。

  我们相信时间的存在。罗素说，这有两个来源：第一个来源，是在一段表面上属于现在的状态内，对于变化产生的知觉；第二个来源就是我们的记忆。

  换句话说，是我们从某个空间观察周边时，显现在我们知觉中的东西。这其实还是一个主观世界的时间概念，是我们通过眼睛、听觉和触觉感知到的变化而已，我们内心认为这个变化是我们可以感知到的，就会在内心为这个感受刻下了印记，但事实上，我们能感知的只是现在这个瞬间，这个瞬间不断累积，其他时间包含在我们的记忆中。

在罗素看来，像对于空间一样，我们对于时间也必须区别开客观的时间与主观的时间。客观的空间是物理世界的空间，而主观的空间则是我们从某个地点观察世界时显现在我们知觉中的东西。同样，客观时间是物理学与历史的时间，而主观时间则是显现在我们对于世界的片刻观察中的东西。在我目前的精神状态中不仅有知觉，而且还有回忆和期待。我把我所回忆的事情划入过去，而把我所期待的事情划入未来。但是从历史的全面观点来看，我的回忆和期待正和我的知觉一样，都属于现在。

我们经验中的时间，也就是主观世界的时间，这个时间维度是线性的，是可以记忆的。从这个角度来说，我们能抓住的，也只是现在这个时间，那个转瞬即逝，被我们称为"瞬间"的片段。

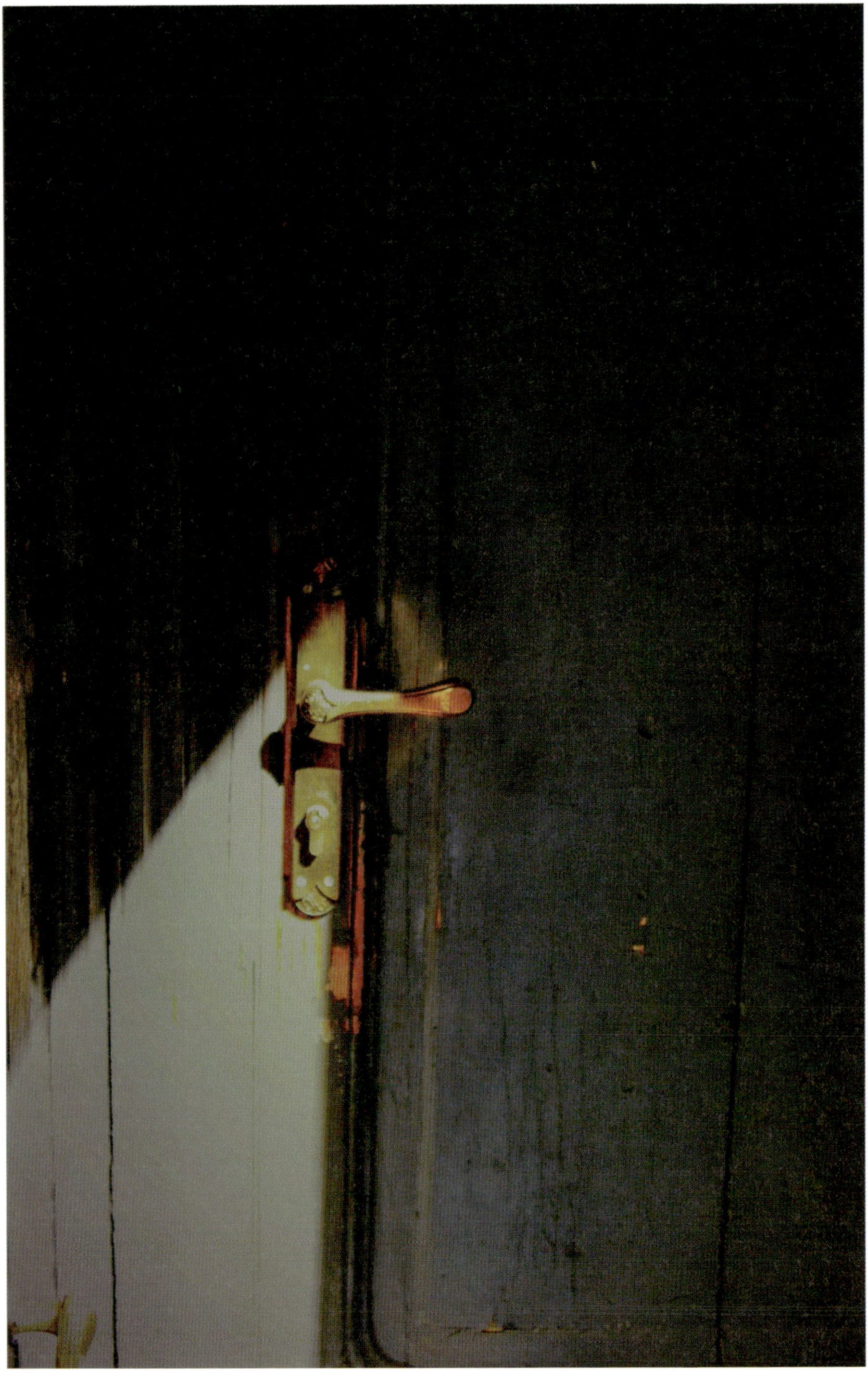

无间之间

当我们去试图理解时间、空间这样的抽象概念时，都会被"间"这个概念所困惑。在时间中，"间"在表达着某种时段范围；在空间中，"间"在表达着某种区域的范围。"间"似乎在述说着某种距离、范围、区域。当我们沿着这个思路往下走，空、白、寂等这样人们神往的概念与表达，我们就会很难理解，捉摸不定了。

"万物皆有裂痕，那是光照进来的地方。""间"字最早的意义由来，就是描述着这样的一个场景，阳光或者月光，从门缝里透了进来。在门的边缘所构成的边界内，是无尽的光，是空，是白，是希望和光明。

色彩，因为光而存在。人们创造了各种各样的概念，用来描述色彩，红、黑、橘红、天青……这些是对自然所呈现的色彩的模仿。但是，无论人们创造出多少概念，也无法穷尽这世间的颜色。当牛顿用一块三棱镜，将这空无的光，分解成五颜六色的时候，人们开始理解了光和色彩的连续。但人能看到的，能够理解的，却是有限的，所以即使分得再细，也只能用有限的概念来表达。

树叶的绿，不是单一的色彩能够表达；碧蓝的天空，也并非只呈现一种蓝色。我们用文字这样的符号，也只能给予一种想象，那存在于读者的意识当中。用颜色，即便是天然矿石，也不过是另一种模拟，自然的树叶，就是那样，需要我们去观察，去感知，去体验。一旦需要人来表达的时候，色彩就需要从现实世界自然的连续状态，切割成了人意识中的不连续碎片。

其实，"间"这样东西在自然界是不存在的，它是人们在不连续的头脑意识里，对连续世界的感知与想象。

世界的现象是连续的，为了理解世界，人们创造了各种符号，如语言、文字、数字、绘画、音乐……来抽象或试图精准还原地去描述这个世界。这些符号，来自人们的感觉与经验，当人们把它固化下来形成一种符号时，必然形成某种连续世界的片段，而片段和片段间，就形成了无法描绘的模糊。那就是"间"，在那里，是我们意识中，对世界现象本身的模糊记忆。

对人来说，意识之初的本源，或许就已存在于一种"间"的状态了吧。人们能够听到、看到、闻到、感觉到的东西，总是有限的。人是无法超越自身的感知的局限性，去创造对无穷尽连续世界的理解和描述。

不连续的意识符号会让连续世界在人们的意识当中，变成离散的节点与切片，那些存于节点与节点，片段与片段之间，无法描绘和理解的连续，就是蕴含着无穷尽的"间"。正如在有理数之间，总存在的无穷尽的无理数，仅仅是 0 到 1 之间，也存在着千千万万之数，无穷尽，不知谓何……"间"就是自然世界中的无穷尽连续，在人脑意识中的感知和无尽想象，能够感知，却无法理解与描述。

刹那即永恒。间，就是这无尽的刹那，无尽的永恒。

桃花开了但有凋零的时候，那是它的一生，不过几周。夏虫不可以语冰，那是它的一生，不过几季。终一人之身为一世，不过几十年……可时间到底是什么呢？也许，时间不过是描述变化关系的符号，只是我们对变化的某种感知和想象吧。变了，我们觉着是过去；未变，就是未来。现在，就是存于已变和未变的"间"。若无变化，时间对我们又有何意义可言呢？也许就如大多数的动物那样罢了，依照这存于生命中的信息，日复一日，年复一年而存在。

间，在时中，拥有着无尽的光。在按下相机快门的那一瞬，光被凝固了下来，述说着永恒。荒木经惟曾说："……我们拍摄的不是空间，是时间。我们在取景框里取的，其实是时间啊。"当照片上的那一刻，触动我们内心时，也许是那一刹那的光，照亮了我们的记忆中的"间"吧。

记忆是人们过去感知的总和。人们通过视觉、触觉、味觉、嗅觉等生理器官获得的感觉，并不能都通过意识来予以符号化理解，形成"知觉"。无穷的感觉经验，呈现出一种模糊的痕迹，存于更为宽广的潜意识当中。当再识出现，记忆中的痕迹混合着当下的想象，在意识中，重新构建了某种"感"或"知"。也许，在人们的记忆当中，"知"就是那些有理数，而"感"就是无理数。"感"就是人们记忆之中的"间"，无穷无尽，不可言说。

空间无界永在。间，就是这无边的连续，无界的边缘。

山川与河流，没有边界；天与地，也没有边界……万物交织在一起连续不断，在交织处，永远是模糊的边缘，就如同光穿过缝隙，勾勒出器物的轮廓，那边缘闪着光，有模糊的影的存在。

人们用意识区分了万物，设定"边界"，切割着连续不断的自然，形成了"间"。欧氏几何构建了一种空间，非欧几何又是另一种边界的定义，但无论哪一种空间，其背后，都含混着连续世界本身的全部。

空间，是人们存在的根本。在任何一处，大概没有比家更熟悉的空间了吧。当人们用材质、器物，模拟自然构建出一个适合生存的空间。一所房子构成了一个空间，但它一定不是完全封闭的。封闭的墙，需要有门与外界通行，需要有窗通风换气，还需要有信息交流的通道，可以是电视，可以是书籍。这些模糊的边界上，是房子与外界的"间"，充满着人们的记忆与想象，如同光穿透门缝和窗棂。

一张画布，当人们试图以色彩本身去还原这个世界原本的色彩，或者用色彩去描绘我们意识中所理解的世界的样貌。记忆中所存在着的无穷尽的"间"，在引导着我们，涂抹之间，创造者也无法找到某种世界原本的确定色彩。因为这种对色彩的意识，来自人们的记忆，那是人们对这个感知的模糊重构，同样存在着"间"，也存在着无尽的想象。

一段音乐，当音乐的高潮来临，戛然而止的寂静，给人以一种超然的震撼。音乐本身的声音虽然停止，但内心的旋律却依然在继续，人们的内心被旋律所营造的意象世界包裹着，感动着。音生于心，余音绕梁，大音希声。在声与音的关系中，"间"就是那无尽的想象与感知。

现代城市构建的生存空间，有着清晰的边界，模糊的关系逐渐淡化起来。这种趋向，随着城市化的进程，在城市的社会生活空间中，越发明显起来。周围建筑的更迭速度已经把熟悉的生存空间切得支离破碎，不再连续。信息沟通的便利，让人与人之间的模糊渐渐消失。消费主义喧嚣尘上，让价值选择都固化统一。在一张已然确定清晰的网上，人们沿着网上制定好的路径生活。这种清晰的边界，产生了碎片间碰撞与封闭，流动郁结与沟通语境的区隔，泾渭分明的界限……与之映射的，是人的意识，原本模糊和说不清的意识，在这种清晰的边界所构成的生存环境中，"间"似乎消失了，自我还是否存在？

本属于连续世界的"我"，被清楚地分割成碎片。我们丧失的是连续自我的"感"与"知"。感与知，在人们的意识中，形成了一种"间"，是不连续的符号与连续世界一同创造的幻光，那是我们得以心安的根本吧。也许，因为"间"的存在，人们才能有自我存在的意义吧。

自然是永恒连续的，无边无界，无始无终。恰有人，便有了间，有了世，有了这纷繁的人世间。

第二章　人间·烟火

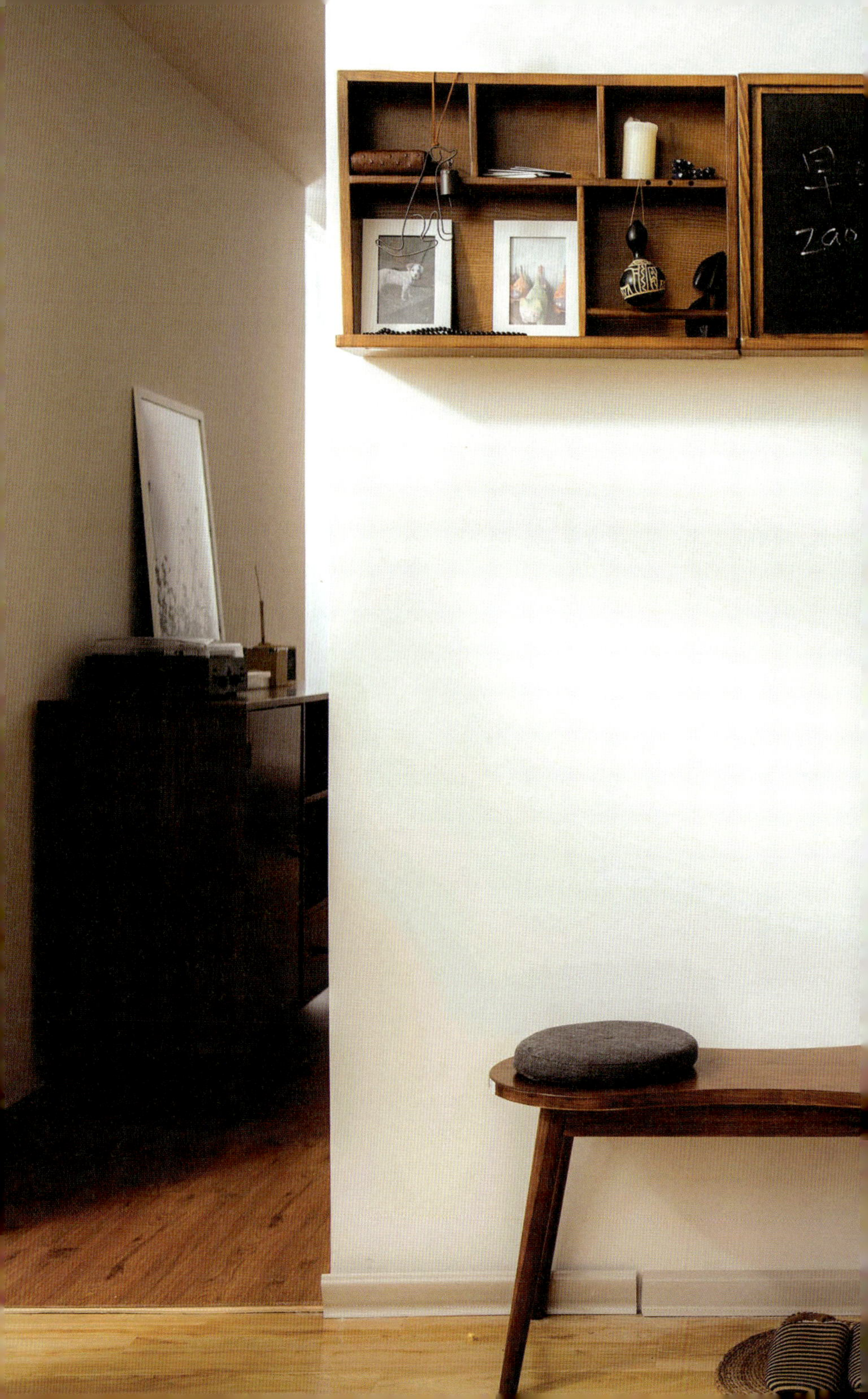

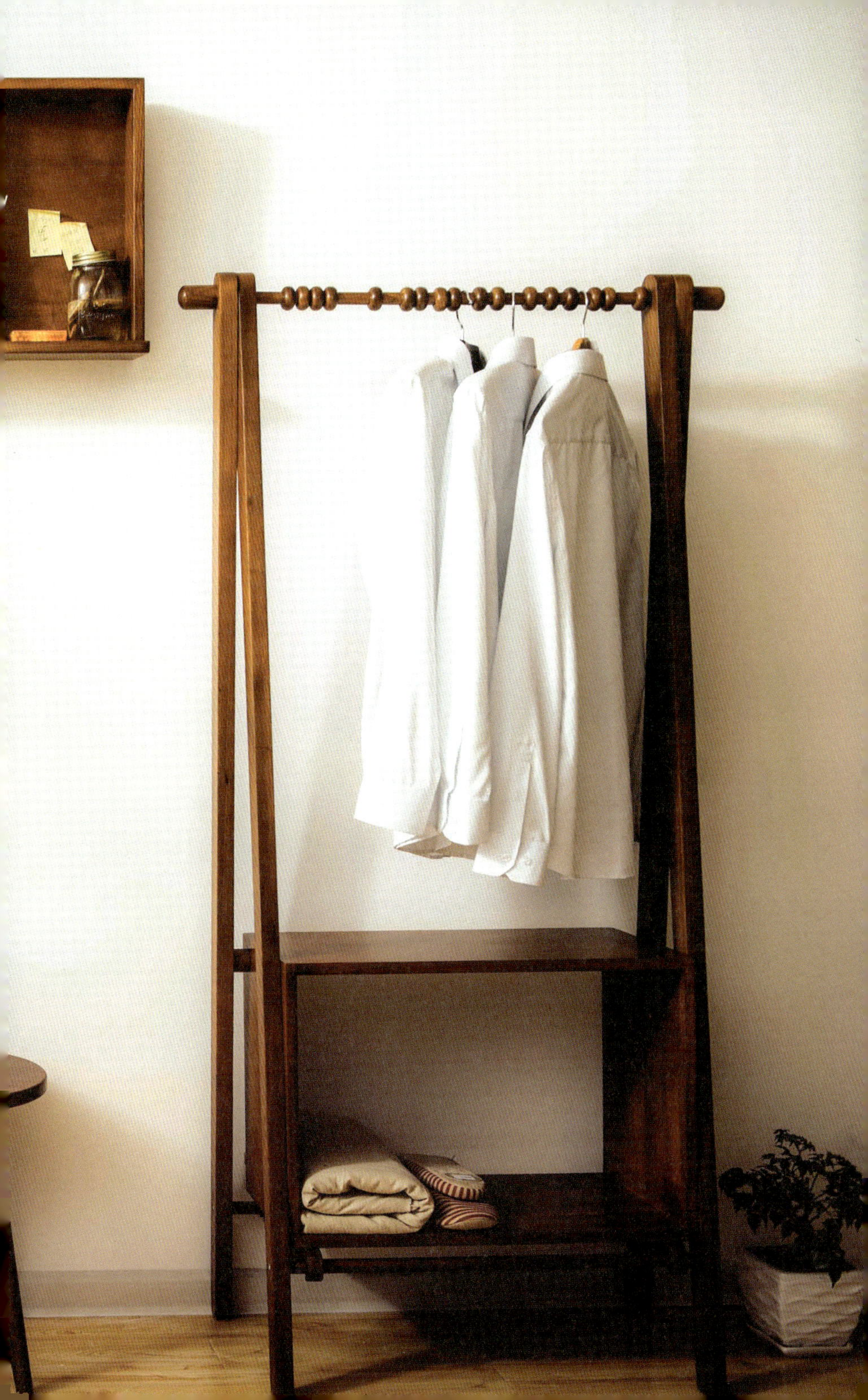

所谓人间烟火，应该就是藏在日久为伴的器物里的，可以看得见的灵魂吧。

昨晚的一夜春雨，窸窸窣窣。早上起来，发现小院里的樱桃花瓣，已经被雨水敲打在泥土上，小桌上，还有那一小汪残留的雨水洼中，四处散落了。夜雨初停，清晨的薄雾仿若轻烟，悠悠地从沾着雨水的屋檐上、树叶间滚落下来，缠绕在树叶上，小草上，停留在路人的肩膀上。

薄雾像块大的磨砂玻璃，将人间的喜、怒、哀、乐都朦胧、模糊了起来，化作袅袅轻烟，徐徐上升，却又若即若离，好像时刻准备着随风而逝。看似触手可及的一切，却在灰色的轻烟中，渐渐隐去。

世间这万物无论是什么，都如这轻烟一样，静静地来，静静地逝去，如此往复着……

记忆里磨砂玻璃要晚于透明玻璃闯入我的生活，时间应该已跨过了童年。记得第一次透过它去看外面，那份跨在模糊与真实的边界上，不知该如何形容的小悸动，让我隐约爱上了如磨砂玻璃一般质地的朦朦胧胧，在这若隐若现中，让我分明窥见了生命之初模糊的裂变。

早点摊周围的人开始多了起来，潮湿的空气中夹杂着一些炸油条的味儿。煤火的烟气搅和着油炸的烟气，替代了晨曦中渐消渐隐的薄雾。于是，我们的日常生活就在这样的灰色的朦胧中开始，在灰色的模糊中结束，一成不变循环往复着。在这模糊的朦胧中，也让我们在如此真实的现实生活中，有了些许的放松和盼望。

日子就是这样吧，我们经常理所当然地认为一个活生生的生活就是真实的，桌上薄薄的玻璃杯勾勒出水的形状，泛着迷人的光泽。铸铁锅里咕嘟着红烧肉，花瓣散落在桌上，时光刻下木纹，久久陪伴在身边的那些不可或缺的器物，熟悉的温暖让人心安，值得尊重与珍爱的日子里那些微小而转瞬即逝的美好，就在我们认真选择的器物之间。

每一个器物的产生，都是由当时社会的文化的基本基因决定的，这些基因控制了我们的语言结构、知觉框架、价值体系以及我们的实践等活动。也就是说，从一开始，这些基因就为每个人确定了约定俗成的经验秩序，这个经验秩序是我们将要遵循的，因为在里面，我们会重新找到迷失的路。

可能，"这件事发生在这里"，或者"过去是这样，现在仍然是"。

器物就是在这个路上，日子为我们刻下的小记号，找到它，也就找到了过去和现在之间的动态联系，也就发现了生活的叙事逻辑。

声音、光、影子、味觉、容颜……一切都遁入器物之中，蜷缩在人间的角落里，变成了袅袅轻烟，呵在根本不敢多愁善感的日子里。

暖意便从窗下见

故乡的小雪,沾湿的永远是童年的那条围脖儿。

落在肩头的雪花,似乎丝毫不准备留下一丁点儿的歉意,于是,在猝不及防的一日,突然泛滥成那一天的鹅毛大雪。

这便是童年的窗外的景色,那被窗户圈起来的永远也忘不掉的记忆。于是,从那时开始,每每望向窗外,便总逃不开童年记忆里的那一幕幕映像。也许只有小时候,我们眼里的世界才是真正的世界,后来的都只是记忆的回声了。

我们日用之道店里装修的时候,特意设计了一扇小时候那种木结构的窗户,前面还摆着一台旧的黑白电视机。于是,很多人都愿意在那个窗户旁边合影,也有很多人询问,能不能定制?这样就可以在自己的新房里面,有一个这样的场景。

那扇木窗,应该是连接我们小时候记忆的彩虹桥吧,那上面依稀能看到躲在小雨的后面,盼望爸妈下班的那双眼睛,也能看到,晚上放学回家,那带着饭菜香味的昏黄的灯光。虽然,它上面的油漆已经被雨水浸泡得开始斑驳了,虽然,风吹日晒,它已经开始变形了。

有些记忆是这样的,必须依赖能体现它的器物上而存在。它由器物而生,又依附在上面,无论器物如何变化,它却能超越器物，最终成为一个独立的存在。而且无需任何人为的渲染和修饰，只需要时间的稍许调剂，它就能长久地自由存在，比最初依附的器物拥有更多的精神和慰藉。

格雷厄姆·格林说过，对于每个人而言，一座城市不过是几条街道，几座房子和几个人。没有了这些，一座城市便只剩下痛苦的回忆。

正午的阳光，从窗帘的各个缝隙挤进房间，散漫在地面上。把倚在窗前的我们，懒懒地化在了这和煦味道里了。在飘动的窗帘的陪衬下，窗子让我们与自然景象之间变得生动起来。通过窗的剪裁，让我们在房间里，也能享受这世间的风物。

伴明窗，书卷诗瓢。打开窗，便是炎天梅芯，老石润山腰；合上窗，守得住屋里一片寂静，又能望得见那断不了的屋外的风花雪月。

最早出现在中国人的生活里的窗，其实原来专指的是开在屋顶上的天窗，汉简里出现的"窗"字，叫做"囱"，在古文中，"囪"和"囱"字是通用的。按字形来看，上面是一个"穴"字，表示在屋顶开了个洞，下面的"囱"字框内的是窗棂的形状。"在墙曰牖，在屋曰囱。"《说文》里是这样解释的，那时候的窗，作用应该是用来通风与采光的，既可透光，也可出烟。

起码在汉代直棂窗出现之前，窗就是以这样的形式出现在当时的生活中的。

相对于西方古建筑的砖石结构体系来说，中国传统建筑是独立的木结构体系。从总体上说是以木结构为主，以砖、瓦、石为

窗前的玻璃杯

辅发展起来的。四根立柱，上施梁枋，便构成了一个可以自由分隔的空间，一切的负荷全都交给了木构架，木柱与梁枋承担了承重的任务。这时候，墙壁并不负重，只是用来完成隔断内外、划分空间和通风采光的功能。

一般而言，我们建造房屋的习惯是坐北朝南，这不仅与我们所处的地理条件有关，也与我们的习俗和情结有关。"圣人南面而听天下，向明而治"，中国是一个尊南的民族，以面向南为尊位，所以，门和窗是开在南面的，窗靠东侧，门靠西侧，房屋正面都鲜用墙壁，基本上是与梁柱相呼应的木门和木窗，构成了房屋的正面，墙壁仅出现在房屋左右两面，称为山墙。正面或者堂和室之间的墙壁上的木隔扇叫"牖"，室的北面如果开洞加木格栅的被称为"向"。

从秦朝到西汉，牖在建筑中的应用，还是占有绝对优势的。但相对东汉时期出现的直棂窗，牖还是有很多的局限性的，十牖毕开，不及一户之明，一切如《淮南子·说山训》记载的那样："受光于隙，照一隅；受光于牖，照北壁；受光于户，照室中无遗物。"简陋狭小的牖与又大又漂亮，而且开合便捷的直棂窗，真的无法相提并论了。而且，汉代织物制造发达，窗上开始使用了一种叫"绮疏"的素织物，既能透光又能遮风挡雨，这与当时挂在牖后面的厚重的帷帐相比，变得更通透更方便了。

那时的阳光，一点一点地透过窗格，漫不经心地在地上画着十字格，地上窗格的影子开始逐渐地由长变短，室内的光线经过

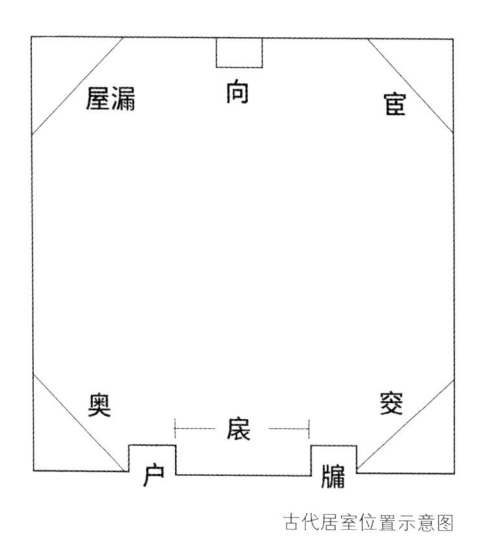

古代居室位置示意图

窗纸的加工，也逐渐由弱变强，从朦胧变清晰，清晨屋内的那抹幽暗伴随着静谧，逐渐被暖烘烘的热气替代起来。交窗叠牖、扃牖而居的日子，就这样日出而作，日落而息地慢慢开始了。那时的阳光暖暖的，也是炙热的，人们就伴随着门和牖的开合，调节着和自然和日子的关系和状态。

窗牖无拘，随宜合用。从牖到窗，这种看似很简单的变化，却改变了我们所有的日子。

窗与帘的若有若无的隔离，有如天地与人之间一道大幕，让人的视线和思绪，任由室内与室外往复穿梭。而窗棂的不断变化和丰富，也让我们可以利用它，由着自己的内心，分花拂柳，放肆地修饰窗外的自然了。于是，"景"不再是独立于主观意识之外的客观事物，已经变成了内心与自然彼此呼应，在不同样式的窗棂的映衬下，一切都变成了我们心中的那幅画。打开这幅画，便有了对皓月清风，俯仰乾坤；合上画，坐明窗静牖，也可逍遥一卧了。

窗在我们的生活中又完成了一次跨域，这个跨越，让我们在未来的感官里，所有的想象与直觉都能因为窗与窗外的场景的介入，完成了个人主体幻想框架与实景的交流和再造。寄以风、云、雨、雪、绿树、红花的那片自然景色，天马行空地去构建我们内心的风景了，那便有了我们眼中的秋去云鸿，春深花絮，也有了变得如此风花雪月的一切。不用说，这样的窗是通向"那个世界"的，那应该就是通向"桧松瘦健滴秋露，户牖虚明生晚风"的日子吧。

也许，在日常的流转之中，还有许多通向更远的另一个世界的孔洞。但是窗让我们离开了原有生活带给我们的逻辑，到达了另一个我们不熟悉的维度。这个维度不同于以往，它是我们相对自然给与的限定条件，介于被动与主动之间的，不得不接受的改变而带来的，它让我们走出了原有的认知边界，走向了一个新的场景。

我们应该始终忘不掉也放不下的，是祖先对山洞的依恋的那份基因和记忆。虽然我们现在住进了我们自己称为房子的地方，已经为了空间需要变成了一个个方盒子，但原型还是那个能带给我们温暖，带给我们安全感的洞穴。只是那个能看到自然的变化，让我们能够闻到雨后空气的味道的洞口，已经变成我们心里为四季打造的画框。那里面记忆和现实纠缠着，描画着一年四季的光与影。春日的微风，夏日的细雨，秋日的落叶，冬日的暖阳。

明瓦的天空

蠡壳窗稀月逗梭

初到冬日的姑苏城,是阴霾弥漫的。

听着美国老歌手 Tom Waits 的 "Time",逛完了贝聿铭老先生设计的苏州博物馆。出了门,却被对面河边偏安一隅的民居的烟火气感动了,看来设计师无论再精准的构建,也比不了岁月的几笔随意刻画,如果没有了岁月的包浆,许是也变成了所谓的"奇技淫巧"罢了。

炉火烟气夹杂着碱面味儿的小巷里,曲曲弯弯的,却依稀能让人感受到徐扬的《姑苏繁华图》的模样。水乡就是水乡啊,一步一个景色,一步一段故事。也许再向前走,还能遇到周作人的《乌篷船》中提到的,那艘最适用的三明瓦的乌篷船吧。"篷是半圆形的,用竹片编成,中夹竹箬,上涂黑油,在两扇'定篷'之间放着一扇遮阳,也是半圆的,木作格子,嵌着一片片的小鱼鳞,径约一寸,颇有点透明,略似玻璃而坚韧耐用,这就称为明瓦。"

周作人所提到明瓦不是瓦,其实是流行在明清时期,中国古代匠人制作的,用在窗户上的类似玻璃的替代品。它最早出现于宋代的天窗上,是用蚌壳打磨成的,带有四个圆角的方形薄片。一片片蚌壳,被仔细地打磨成平整如砥、半透明的寸方薄片,然后仔细地嵌在预先用薄竹片编织成的格子中，由下至上，一片一片地嵌进去，上面一片要压住下面一片，形成像鱼鳞一样的纹理，这样雨水才会循迹而下，不至于漏到屋里。等整片的格子装完后，再严丝合缝地匹配到门窗外侧。

虽然明瓦的透明度与透光度无法和玻璃相比，但在当时的生产条件下，已经很是讲究了。难怪当时很多富庶的人家舍弃了砂纸糊窗，而用上了由大量明瓦镶嵌的花窗。那木格花窗上一格格鱼鳞状的明瓦，不单解决了遮风挡雨的问题，也让采光变得浪漫起来。

明媚的阳光透过木格花窗上的明瓦照射进来，半透明的蚌壳削弱了光线，整个屋里就被蒙上了一层琥珀色的调子。而夜幕降临，皎洁的月光又透过那片片鱼鳞，窸窸窣窣地闪进房内，"鱼鳞云断天凝黛，蠡壳窗稀月逗梭"，黄景仁在《夜起》诗里描述的应该就是这般情景吧。

凿窗启牖，以助户明。归根结底，窗还是我们对记忆中的世界的那种不舍吧。

人为地在墙上留下的洞，应该是对最初生活的山洞中，那个被树杈树叶遮挡的洞口的一种留恋吧，人类自古便在回归自然的亲近和快乐中，与独自身处室外而感到恐惧之间徘徊着。大自然的充沛和丰盛滋养着我们，却也充满着发生意外的可能性。我们完全无法预知会发生什么事情，而这个洞口却是用来感知外面世界的阴晴冷暖，窥探周边那些可能潜伏的不可知的危机，能与外部世界产生沟通交流的唯一出口。它能让我们能根据各种细微的

《姑苏繁华图》（局部）

苏州拙政园见山楼 明瓦窗

明瓦窗细节　　　　明瓦窗整体效果

变化，来对周边状况作出判断。

这个洞口不仅仅带进了光，也带给了我们安全感。我们保留了这个记忆，在能自主构建能够居住的空间的时候，依然在墙上留下了这个洞。

虽然沟通交流的功能还在，但所有的不安全感也在，于是我们想尽各种办法来弥补它，装饰着它，就像我们当初挡在洞口的那片树杈，一样期望来完成它与周边的事物与景色的协调。这可能是像贡布里希所说的那样，是人类"先天固有的秩序感"的追求的体现，也可能像海野弘所认为的，究其根本是一种人类为填补空间，消除"空间恐怖"的形式而已。于是有了各式各样的与墙和周围环境和谐的窗，各式各样的窗棂，虽然偶尔会有风刮进来，会有雨水飘进来。

所以，人们把纸浸泡在桐油里，晾干后糊在窗户上，拉上麻筋再刷上桐油。这样，不仅不怕水、防雨雪，而且可以增加窗户的透光度。就像白居易编撰的《唐宋白孔六帖》里写的那样："糊窗用桃花纸涂以水油，取其甚明。"经过桐油长期的浸泡的纸，不但耐折、防水性能好，而且吸水性也不错，这种方法和工艺现在已经不多见了，只是在现在的油纸伞上，还能找到它的痕迹。

把蚌壳磨成大小相同、薄厚均匀的小方片，在当时是很费时费力的，所以也是普通百姓家承担不起，所以，很多人还是选择了砂纸糊窗，虽然它在季节更替的时候，需要被换掉，但这也多多少少地在日子里，增添了一点仪式感。选个风和日丽的日子，端一盆清水，轻轻地沾湿窗纸的四边，慢慢地揭下来，然后再刷上用面粉熬好的糨糊，对齐窗格，轻轻地吹口气，然后用鬃刷缓缓地刷牢。

阳光拉上了微风，一点一点地把窗纸的糨糊吹干，然后躲在窗纸的后面偷看着，而风却低下头，贴在窗纸上，呢喃着……

阊门外，再也看不到《姑苏繁华图》那样的繁华了，也再也听不到当年明瓦公所里，蚌壳撞击的叮当声，昼夜不断的打磨声了。也许，拙政园里那座见山楼的落地长窗上的古朴的明瓦，是岁月故意留给我们的纪念吧。每次到苏州，都会特意去看看，虽然只能在外面观望，但丝毫不影响对那段光阴的想象。

阳光下，那被琥珀色笼罩着的日子，皎月下，那窸窸窣窣的鱼鳞般的月光。

满洲窗

水面上的冰块

不会融化的冰

　　好多时候，我们对人造物的感知，往往是源于人们对自然界中某种物的特征的感知经验和记忆的关联性而形成的线索。

　　这应该和人惯有的隐喻式思维的认知方式有着密切的联系。我们的认知、常规性概念的构建，大部分是通过隐喻完成的。人往往习惯通过对已知的熟悉事物的特征所产生的经验和记忆，来理解当前的另一种事物。

　　在这个理解的过程中，两事物之间原本无直接的关联，但当人们通过自身的想象、观念和经验在二者间找到联结点并将双方联系在一起时，即可创造出新的意象，建立对事物的新认知。我们经常会这样描述，雨后的彩虹像一座桥一样挂在天空。这是我们习惯做的，也是最经常做的，就是基于自身认知经验的基础，用一种事物来阐释另一种事物，依据一种事物来理解另一种事物，通过建立不同事物之间的联系，来帮助我们和别人理解新的概念。

　　在我们的意识中，玻璃似乎就是人们对冰，或者清澈、静止水面的感知记忆。

　　当我们静下来，捕捉玻璃带给人们的细微感知时，冰冷、冰凉，这种对冰的记忆，似乎在我们指尖触碰玻璃时的那一刹那，

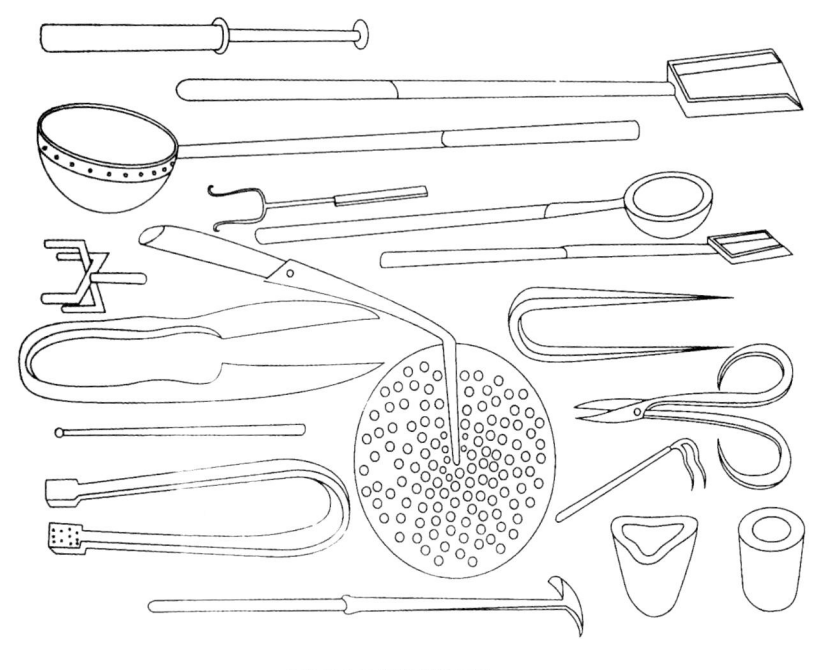

古代制作玻璃的常见工具

更加清晰。这也是我们时常用来描述玻璃的感觉。清澈、透明、平滑，泛着微微碧蓝色的弧光，与触觉一起，在我们的头脑中，玻璃就像一块不会融化的冰。

在光线的作用下，玻璃器物泛着纯澈透亮的光泽，好像是器物上结了一层薄薄的冰，或者像是被凝固了的澄澈水面，包裹着、闪烁着清亮的光。不透光的磨砂玻璃，似乎更像是冰层上的霜，这种朦胧的感觉，让光线的变化，更加奇妙起来。在这光泽之下，被包裹着的可以是色彩、水、空气，或者就是光本身。

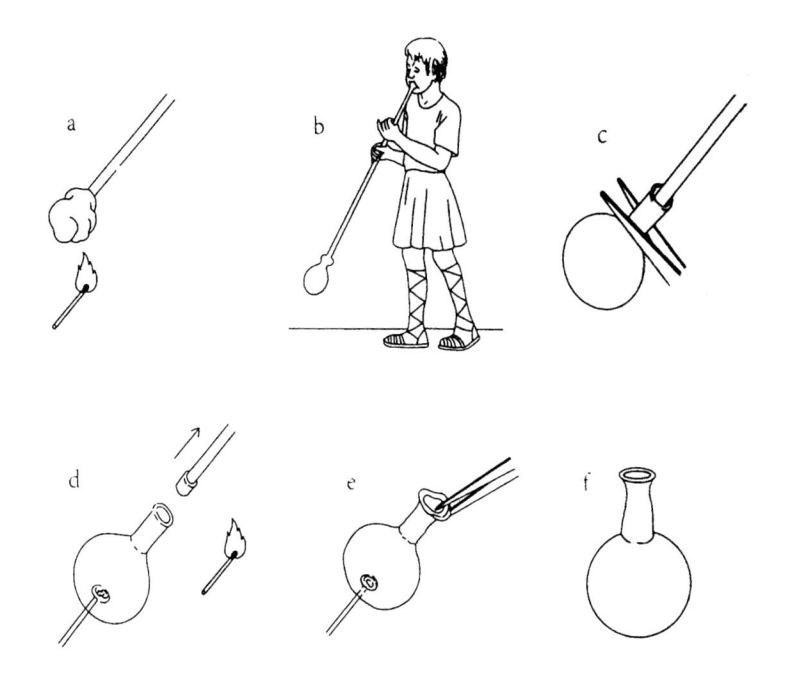

自由吹制法制作玻璃容器工艺流程示意图

那年秋天，我在斯德哥尔摩的小岛上，本来是寻找 ABBA 乐队博物馆的，却误打误撞地撞进了斯德哥尔摩历史博物馆。于是，我就幸运地遇到了萨满巫师的萨满服和萨满鼓，遇到了用桦树皮做的各种器物，遇到了几百年前，一群穿着清朝服饰，漂洋过海来的人……也遇到了公元二世纪时候的一堆玻璃器皿。

这的确是意外的惊喜。一直都觉得，玻璃应该是近现代工业化的产品，直到看到这些一千多年前的玻璃展品，才让我意识到，也许玻璃出现的时间，是我们无法想象得早。也许，几千年

公元 1 世纪　古罗马天蓝色水瓶

来，它们一直以各种各样的形态，神秘地存在于我们的生活中。

实际上，早在公元前 2000 多年前，在两河流域的美索不达米亚人就已经开始批量生产玻璃珠了。但最早的玻璃器皿应该出现在公元前 1500 年的埃及。那一年，埃及法老图特摩斯三世率军开始了近东地区的远征，正是这次远征，让他带回了近东、中东地区的生产、生活经验，也让埃及人最先生产出了玻璃器皿。

也许，美索不达米亚人并没有见过冰，他们对玻璃的感知，应该和宝石一样的纯净透明，或者，他们在穿越最东边的伊朗高原的时候，路过了霍拉桑卡维尔大盐沙漠，见到过盐冰川，便割舍不掉阳光下，晶莹的盐粒和剔透的沙砾的光芒到达瞳孔，那种最神秘的意外。

所有的事物，都将成为记忆的载体和寄托，虽然，我们无权要求回忆为我们做什么，其实，也无法要求什么。我们能做的，只能是努力去寻找能让记忆更清晰的寄托物吧。一次次不断地寻找，一次次地靠近，当我们感觉记忆逐渐清晰的时候，却突然发现它又变得模糊，变得那么的不真实了。就在这种跌跌撞撞、反反复复的，不断交替地产生和消失的过程中，逐渐地让我们产生了一种欲望的原动力，它牵引着原始的记忆，不断地填补着原始记忆中的遗缺，也驱动着我们，不断地寻找真实的记忆。

这种寻找，并不是要去复制或发明一些形式，而是要去获取某种力量。而我们所创造的事物，也仅仅是将一些看不见的力量变成看得见的尝试而已。

于是，从色彩斑斓的杂色玻璃，再到纯净透明的玻璃，每一种形式下，玻璃和光、影制造着各种奇幻的梦。虽然我们心里非常清楚，这个梦无法完全复原我们的回忆，但我们也明白，我们正在创造着另一个记忆。

当大清广州府的码头上，工人小心翼翼地扛着那从欧洲运来的玻璃，走下跳板的时候，广州的富商们已经开始和工匠们谋划着，如何做出让邻居羡慕的满洲窗了。虽然，从先秦的时候，中国就开始了玻璃的制作，但以制造器具为主，并没有完全应用到日常生活里。

而在此一千多年前的罗马，已经开始出现玻璃窗了。拜占庭

公元 1 世纪　古罗马玻璃杯组合

公元 1 世纪　罗马玻璃罐

贝格拉姆出土的切面玻璃

公元 1 世纪上半叶　罗马利用模具吹制的玻璃器皿

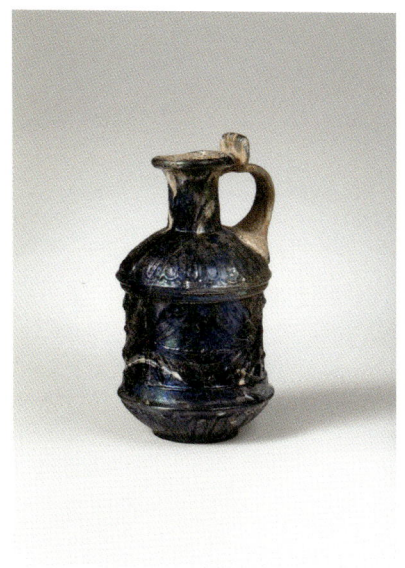

公元 1 世纪上半叶　罗马玻璃壶

公元 1 世纪　阿富汗地区蓝色射线纹玻璃杯

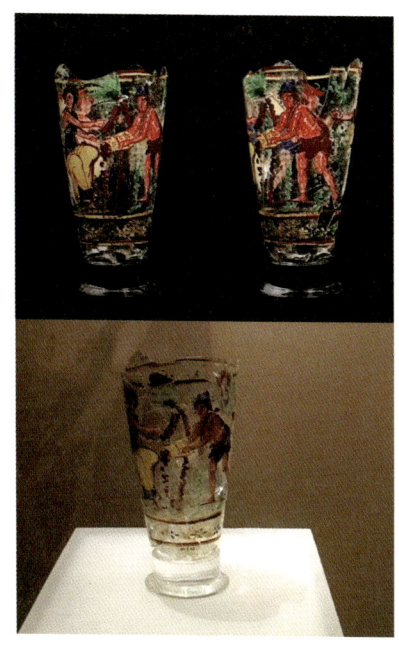

公元 1 世纪　地中海地区彩绘人物玻璃杯

公元 6—7 世纪　伊朗磨花玻璃杯

的马赛克玻璃，中世纪哥特式教堂的玻璃花窗，人们已经开始利用小块的彩色玻璃的拼接，勾画了规则而繁复的几何纹饰，或者是用它们来描绘人物或故事了。在光与影的变幻下，绚烂色彩被冰包裹着一样的，与透明的光一同，映照在神圣的场所，创造了神秘的景象，如同神迹。

日常生活中，从形态各异的饰品，生活器具，再到随处可见的窗户，玻璃在我们的日常生活中，无处不在。

当我们的视线透过装满水的玻璃杯子，光与影产生了奇妙的变化，另一边的世界被扭曲、挤压、拉伸、放大、缩小、变形、重叠、复制……光所承载的熟悉的画面，被揉成了色块、线条，这光怪陆离的图景，一种虚幻离奇的梦境油然而生。

这些幻光，在我们意识中，构建了一种熟悉而陌生的未知空间。

人们对器物的感知，也许都源自这样的参照与想象吧。无论何时、何地，这种感知的意识，都会存于我们的内心当中，逐渐成为一种记忆。当它再次被唤醒时，可能连我们自己都无法清晰地意识到。倘若没有了这种混合的模糊想象，我们真的无法描述出"那"是什么了。

当熟悉的事物在记忆中变得模糊时，会呈现一种抽象的形式，并时刻左右当下的状态。虽然，记忆是可以被形象化的，但它并非一开始就是形象化的，而且，形象化往往也只是一种结果而已。

约公元前 1550—前 1425 年　埃及玻璃项链

约公元前 1981—前 1802 年　埃及手链

烛火照人心

在白昼，人们并不会意识到光的存在，只会顺其自然的，有看见的意识状态。只有当黑暗降临的时候，我们才发现缺少了借以参照的"光"的存在。

某种意义上，我们的生活空间是完全由两种物质填满的，那就是空气与我们身边的器物。我们所能感知到的器物的轮廓和形态，是光穿透空气，描绘出的空气与器物的交界线。光作为媒介，始终在空气与器物表面之间呈现着物件的美。借以光的描绘，我们体味着物的轮廓，物的色彩以及物带给我们的种种的感受。

没有光这个介质，我们也就失去了感知物体的能力。

光线任性的变幻，无意于以何种姿态着陆或停留，但是它的所到之处，却为我们带来了事物的各种表情和温度，从而引领着我们的各种情绪。光线所特有的、对整体的整合力量，是任何一种物质无法比拟的，也正是这束光，让我们看见了时间，也看见了时间的力量。

"光本身就是美的，因为它的本性是简单的，而且同时自身就是一切。所以，它是最统一的，而且由于其均一性而与自身处于最和谐的比例之中；和谐的比例即是美。所以无论物质的形式是否有和谐的比例，光本身却是最美的和看上去最使人愉悦的。"牛津大学的首任校长格罗斯泰斯特在《论光》里写下了这段文字。

这种愉悦的确让人迷恋，因为它是生命与生俱来的，对于事物的空间布局、存在形式、归属或事件发生顺序、和谐有序的要求，是基于人类共同的心理意识，形成的我们对周围环境的各种规则而产生的秩序感。

秩序是自然进程和社会进程正常的运转或良好的状态的保障，也是我们通过观察周围环境来预测规律的运动变化，来发现未来的发展方向的方法。

秩序的建立和存在，就有了我们需要的安全感。我们习惯了自然环境和人类行为的规则，习惯了光的指引，水和空气的包围，习惯了循迹而往。

对人来说，"光"这个意识，不仅仅是来自太阳，更是来自火焰。

不管是偶然，还是不断的探索，人们在山洞中燃起的火焰，驱散黑暗与寒冷，抵御野兽与蚊虫，同时也带来光亮、温暖与安全的感受，消除了人们内心深处的恐惧和忧患。对于人们来说，火焰能带来温暖的同时，也能带来光，是活着的希望，虽然也蕴含着无法控制的力量与危险。

通过对火的把控，人们完成了光的再造，也完成了头脑中对光的记忆，内心对火的那份温暖的依恋。

人们最初应该是依靠太阳和月亮的光来照明，这应该是人最早适应的自然规则,所以,一到晚上,所有的行动都被月亮的那一丝微光限制住了。直到火堆出现,为人类提供了照明的第一个"光源",这也是人类打破自然的规则,试图重建秩序的关键一步。从此人类也开始了能够控制自如的照明生活。

也许照度不一定很大,照的范围也不是很远,但毕竟尝到了打破自然规则的甜头,于是,人们又开始了各种对照明的新的尝试。从材料的实验,到方便携带的实验,逐渐地,用松明子做的火把出现了,烧油脂的油灯也出现了。

虽然灯光很微弱,但也能驱散黑暗,因为那是守望着希望与未来的光。那束光,如同万年前的火堆……在黑夜、孤寂处,忽明忽暗的火焰,带来微弱的光与暖,抵御黑暗、饥饿、寒冷、孤寂、空虚与危险,以及火光带给人们的心安和温暖。

瓦豆之灯

月与灯依旧，日子也在依旧。

大清朝光绪十四年，也就是1888年夏天，慈禧搬进了修缮了三年的坐落在西苑的仪鸾殿寝宫。也在她搬进的那一天，清朝宫廷在仪鸾殿西门点亮第一盏电灯，这也是京城第一盏电灯。

那一年，颐和园的重修也已经开始了。慈禧也下了懿旨，准备第二年的皇帝大婚礼。而挂在紫禁城及各大城门附近，像小亭子一样的六角形的玻璃罩的煤油路灯，也已经在那里二十多年了，它们和胡同里的煤油壁灯，让京城已经出现了初步的城市照明系统。

刮着西北风的夜幕还是降临了，胡同口又看见了昨晚那个更夫，他搬着梯子，小心翼翼地在为路灯添着油。

一切都按着规矩，按部就班地运行。所有人都没有意识到，文明带来的新事物也悄悄地到来了。文明的进步总是不取决于人们的意志的，不管你接受与否，新事物带来惊喜和喜悦往往是让人无法抗拒的。估计慈禧看到仪鸾殿内外灯火通明，像在白天一样，肯定会高兴地说："电灯真亮啊！"

对于任何一个新概念、新事物的表达，人们往往是通过现有事物来比拟。当人们第一次看到电灯的时候，很容易就会用记忆

竹豆　　油灯

和经验里的阳光和烛光来比对，从而完成对思维认知和事物意义的传达。

电灯出现之前，古人一直是用各种明火来模拟高悬在头上的太阳。周朝以火炬为烛，而且根据功能不同和使用地点不同，而赋予不同的称呼。"庭燎者，树之于庭，燎之为明，是烛之大者。"《诗·小雅·庭燎》就是这样记载的，这里的"燎""烛"指的都是火炬。古人将木材蘸上油脂，一起架在地上点燃叫作"燎"，和我们现在的篝火的形式是一样的。而将小捆芦苇或者茅草用麻布缠成柱状，在外层涂上膏脂，或浸泡在油脂之中，用的时候点燃，称为"烛"，形同今天的蜡烛，也是今日蜡烛

油灯　　　　　　　　　　　　　　　　　　　　　油灯

的起源，不过它要比一般的蜡烛大很多，放在门庭之外叫做"大烛"，很多支放在庭院内叫做"庭燎"。

虽然有了火炬的出现，但是并不能算作真正意义上的灯，因为火的力量有时候强大得无法控制。一定要有一个可以提供燃料、能替代火炬的灯芯和能盛放燃料支撑燃烧的容器，才能够控制住火，才能做出一盏完整的灯。

所以，一种原本用来盛食物的器物"豆"，被人们拿了出来，做出了利用油脂燃烧的灯。可能是因为它上面是个盘子，下面有柄，底下带底座，既可以盛燃料，又有一定的高度，看起来更像一个火炬吧。

汉青铜灯

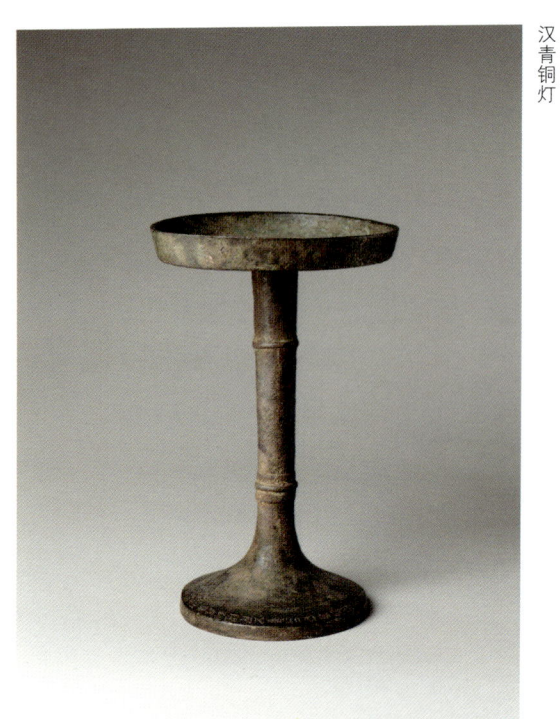

清古书奇字玉灯

西汉（公元前 206 年—公元 9 年） 雁足灯

最初的豆器有木制的，称为豆，是用来盛腌制的蔬菜和肉酱用的；有竹编的，称为笾，是盛肉脯、枣、栗子等干燥的食物用的；也有土陶烧制，称为登，是用来装佐料蘸汁的。

古时身份不同，使用豆的数量也大有差异。地位越高，拥有的豆就越多，甚至年岁越大，享用的豆也越多。那时候，六十岁的人可以用三个豆，七十岁的人可以用四个豆，八十岁的人可以用五个豆，九十岁的人可以用六个豆。

这种规则和秩序所形成的礼节，也在某种意义上，成就了豆的呈礼祭祀的功能。敬天为祀，敬地为祭，敬人鬼为享。"礼"之兴起，是为了致敬于鬼神和祖先，而在古人对生死的概念里，人死以后，会进入另一个世界，以另一种方式继续活在一个相对平行的空间里，做着和生前同样的事情。当时的曾侯乙，就把自己的坟墓修建成一个居所的样式，并埋入了全套编钟编磬，九鼎八簋，他所追求的死后生活，与他生前的生活方式别无二致。

"民以食为天"，鬼神亦然。所以用来表示对鬼神和祖先的敬意之物，首选的就是食物，至于所用之器，很多祭祀器物都是将日用食器加以调整，加以装饰转换来的。像原来用来煮牛羊肉、鱼和腊肉的镬鼎，盛煮熟的肉食的正鼎，装味调汁的羞鼎，经过精心的装饰，都变成了祭祀用的礼器。

这种装饰不仅仅是用来表达崇敬和怀念的情怀，极大的程度上也是财富的含蓄表达和对自己想象中的平行世界的肯定。

最初的灯就是这样，在陶制的豆里装上了膏油，加上茅草，点燃了那豆粒般的灯光。从此，"日出而作，日落而息"的秩序被打破了，虽然只是萤萤之火，却足以让人再也割舍不掉对光的依赖了。弱弱的灯光和那充裕的阳光相比，实在是太弱小了。于是人们开始不断地改造它，从单独照明调整成多个，从陶土调整成青铜、陶瓷；从动物油改为植物油；用来决定灯光大小的灯芯，也经历了草、棉线、多股棉线的不断改进。

一年一年，人们小心地呵护着那闪闪的灯光，如此这般，竟延续了两千多年。

今年元夜时，月与灯依旧。暖心的不仅仅是如豆的烛光，弥漫在四周的昏黄，足以让人把心灵彻底地交付，或笑或愁，或皱或舒。灯光渲染着每个人的情绪，难怪杜甫先生会独自一人，在清静的春夜里，一边自斟自饮，一边写着《醉时歌》。檐前如毛的细雨，在案头的灯光的映衬下，如花般飘落着。

从"灯火钱塘三五夜"到"千门开锁万灯明"，灯火渐盛；从油脂庭燎到垂绦宫灯，灯具愈繁；从单调简陋到繁复华美，文明在我们的头脑的设想中，在手中的装饰不断的变化中，逐渐丰盈着。

火炬、油灯、蜡烛所产生的光，不仅仅是照亮某物或者某一空间，它的意义已经升华并被赋予了另一种意义。而电灯的出现，虽然是指向了光的深层意义，却不再与真实的火与光发生关联，而是在能量的循环中与自身交换，这样，符号与意义的关系完成了根本的转化。

电灯代替了火与光对真实世界的表征，没有了我们对火与光的关系的先验性，有的只是符号的内在秩序。

夏日夜晚的书桌

炎炎伏热时

一候腐草为萤，二候土润溽暑。"三伏天"里的"中伏"前后就是大暑节气了，这是一年中最热的时段。周遭的一切都被闷闷的热气包裹着，压得人都喘不上气来，墙壁、花草、土地也都被热得"大汗淋漓"。院子里的灯也被晒得有气无力的，在溽暑的潮气中，泛着昏黄的光。被称为烛宵的萤火虫藏在草丛了，一闪一闪地泛着绿幽幽的亮光，老辈人总是叨咕着，看这天潮的啊，草都沤烂了，变成萤火虫了。

二十四节气，七十二物候，应时而变的物候现象，是人们用对生存的希望，描绘出的自然的力量，是人们的喜怒哀乐，汇入自然而涌现出的感激之情。五天一候，一候一变，三候为一节气，二十四节气为一轮回，四时八节，周而复始着，年复一年着。老祖宗以一双慧眼和一颗细腻的心，观花开花落、燕来燕往，把自己的日子与自然万物的交叠更替，宏大与精微极其奇妙地交融在一起。

"在人类的总体经验中，只有一小部分会存留在意识里。这些被存留的经验沉积下来，凝结为记忆中可识别与可记忆的实体。只有在这种沉积出现的时候，个人才有可能理解自己的人生。在若干个体共享某种生活的时候，共同生活中的经验会融合

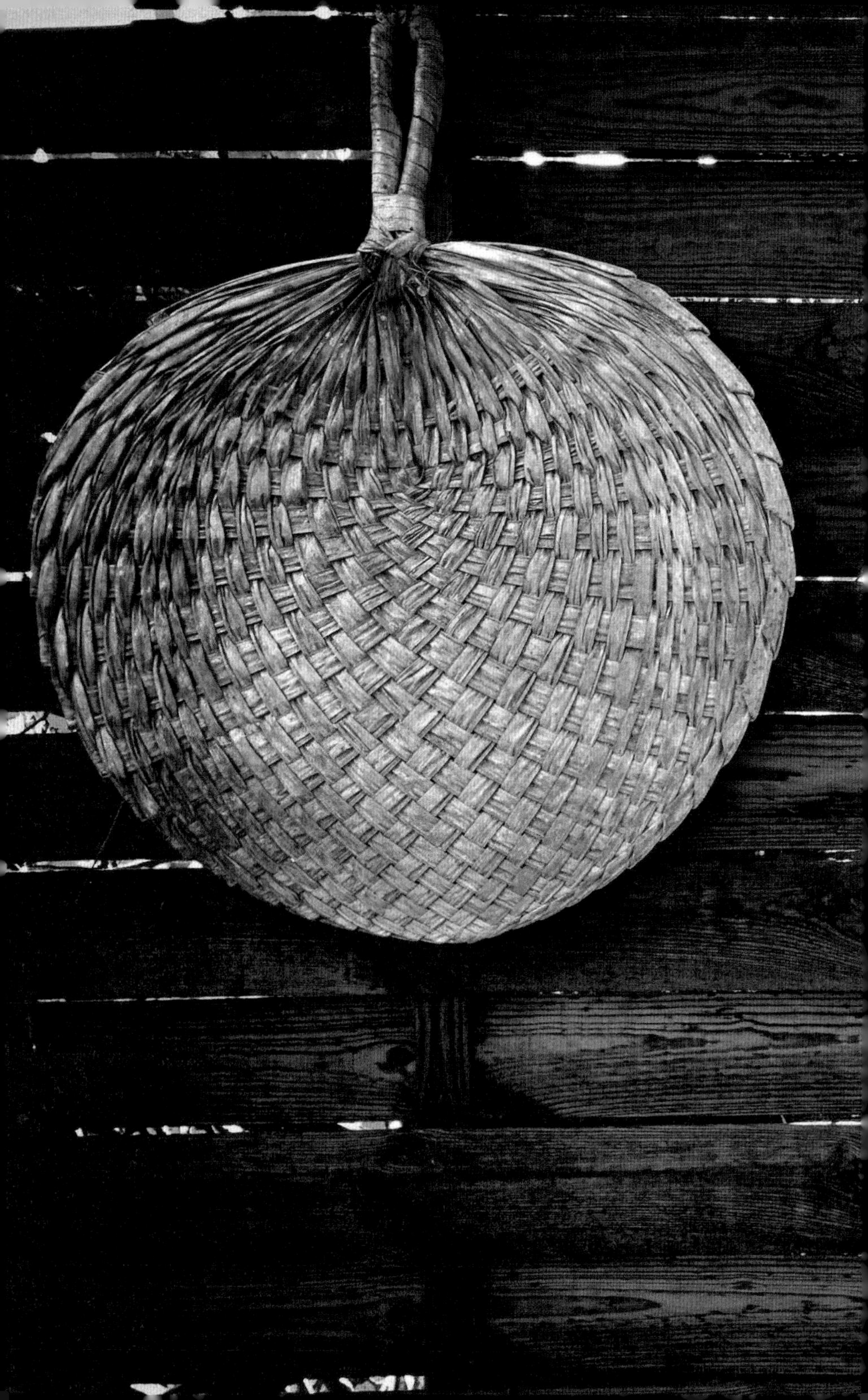

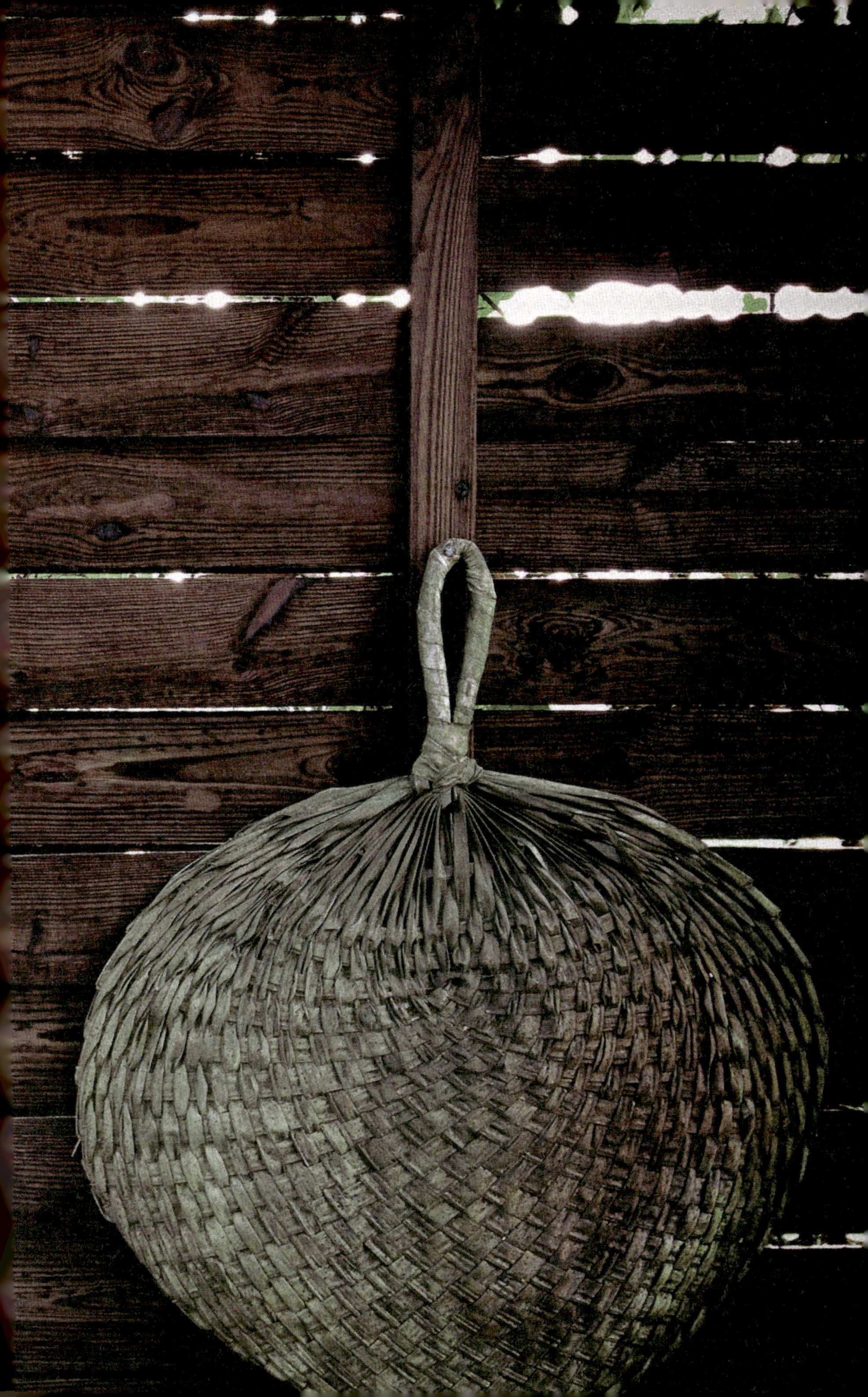

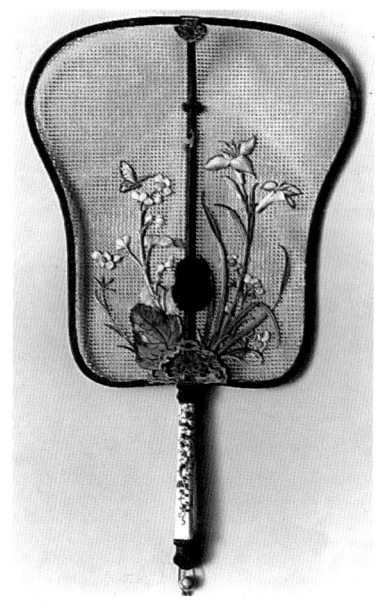

清代团扇

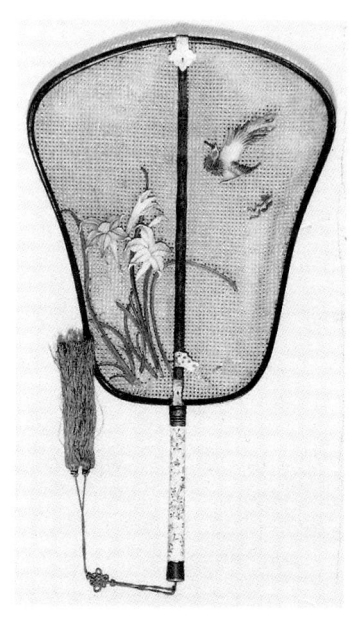

清代团扇

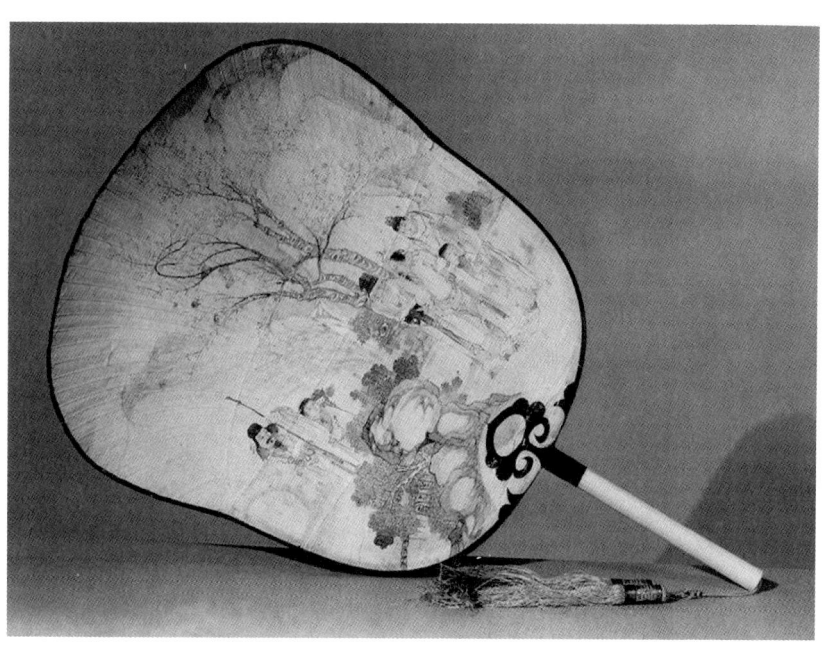

明代团扇

104 | 105

并进入一个共同的知识库。"彼得·伯格和卢克曼总结得很精准。对于中国人而言，七十二候就是一个完整的、被影像化的共同知识库。它让人们意识到，一定有一种控制自然的伟大力量，构建着人与天地间的万物的规则和秩序。这个规则和秩序指导着每个人的生活，也在日常生活中，时刻提醒着我们不要忘记对自然的敬意。

所有气候带来的微妙变化，都被通过典型的形象描画出来，并传递着。这种把对象的整体特征，利用形象化的比拟，来表达个人的主观体验的方式，应该是中国人特有的认识世界的思维方式和表达方式吧。它既不是单纯反映出感性的知觉表象，又不强调理性的抽象概念，而是将典型的形象特征与明显的隐喻特征相结合，将某种意义隐藏在形象符号中，从而通过具体的形象来表现抽象的意义。这样的状态下，符号和意义，形象和本体，思维主体和客体对象都完成了完全的合一，也完成了从一个意义过渡到另一个新的意义、从中规中矩的含义触及更广的含义的过程。

就这样，事物原有的意义被赋予了新的意义，而这个新的意义终将又转换成新的形象符号继续传递着。意义是人类以符号形式传递和交流的精神内容，这一切，恰恰是关乎每个人的认知和感受，关乎影响着每个人的共同的知识库。

夏夜里的蝉鸣，竹摇椅上的蒲扇，院子里弥漫着点燃着的艾草的味道……所有这些形象，也因为不同的地区，不同的人，在不同的文化背景下，被人们储存在记忆的知识库里，与周围的事物不断比对着，校准着。

那原本是用来防蚊虫的纱窗，也利用上面的一个个小孔，把一切事物与真实的世界割裂开来，把我们头脑中的这些形象打成了马赛克，足以让你通过记忆，把它们的意义完全重组起来。所有的事物逐渐地清晰起来，而所有那些关乎夏天的景象，也早已顺理成章地变成了人们头脑中夏天特有的形象符号。

虽然意义是抽象的，还好在我们身边有很多的承载着人的概念与经验的事物，才让意义变得具体而为我们所感知。事物作为意义的承载物，也是帮助人实现认同、回忆和文化延续的纽带。通过对意义的想象，我们完成了对事物的认同。而这种认同，一定连着我们对过去的再生的回忆，和影响着传统的文化的延续。所以，意义一直是在跨代地传递着的，器物、建筑、风景、声音、气味和触觉，等等，本身也因为记忆和文化而承载着意义。它们把过去和未来连接到了一起，也将那些应该被铭刻于心的经验和记忆以特定的形式符号留存下来，并且使其具有了现实的意义。

蚊香袅袅，夏夜安然。为了避暑而挂在窗户上的苇帘，吸收了一天的阳光，哪怕有一丝微风吹过，它也会赶紧释放出淡淡的草香。而挂在窗框上的风铃也一样，虽然只有叮一声响，却让人在脑海里映出了风的样子。我们虽未见风，却已知风起了，这样的一切，完全是因为我们在苇帘的味道、叮当的铃声原有的意义上，赋予了新的意义。

意义产生的框架完全是依赖人对过去的记忆和经验的分类的，它来自过去的社会化时刻，包括社会的规则和价值观在内的

中国蒲扇

新疆的扇子

知识结构，可以说，它就是一个我们对周遭事物的理解指南，所以，它的基础是人的认知和知识体系。而意义产生的线索来自人在当前所经历的时刻，当前环境所提供的信息，它们触发了人们理解情境的动机。当人们在框架和线索之间建立起关系时，他们就创造了意义。

炎炎伏热时，草木无晶光。南方的湿潮闷热，北方的干燥酷热，再次赋予了热不同的意义。酷夏热气蒸腾的无风日子，无奈又焦灼地被动等待风吹过的情景，始终都留存在每个人的记忆里，这个记忆始终让我们在头脑中的热与现实中的热不断纠缠着。

夏天的风，经常是吝啬的，没有人知道它什么时候来，也许，小草知道，树叶知道，抑或是风铃知道。以至于我们的听觉、味觉、触觉都被调动了起来，仔细地捕捉着身边的细微变化，努力感受着周围空气的流动。

终于，可以嗅到了一丝丝草香了，也隐约有一点点的铃声响起，随之而来的是触觉得以感知……终于，有风了。这微风瞬间将发生在从前某个时间段中的场景拉回到了当下，拉着我们，沿着这个指引再次回到记忆中的某个桥段。

小时候的整个夏天，其实都是在和小朋友的讨论中度过的。讨论着那藏在木箱中的，盖着白色被子的冰棍，5分钱的还是1毛钱的好吃，讨论着家里的凉白开会不会加一小勺白糖，还讨论着是橘子味汽水还是格瓦斯气泡更冲……似乎没人在意那份炎热，也似乎忘了如何度过夏天的整个记忆。

虽然在下午放学的时候，已经吃了一块用凉白开泡的绿豆糕，但还是分分秒秒惦记着泡在水桶里的、凉凉的橘子汽水。打开瓶盖那"噗"的一声，刚入口的略有辣口的气泡刺激，以及几口之后的饱嗝。最让人兴奋的是对着瓶嘴吹的感觉，让自己觉得终于是一个大人了。

味道总是和故事相伴，这是每个人心目中下意识建立的特定的感官期望。人们头脑中想象的食物味道，相对于简单或鲜明的食物而言，会更具有形象性和想象性。于是，那些夏天的味道变得根深蒂固，不仅仅是味道本身，它和儿时的故事一起，留存在我们记忆的最深处。

在那个没有空调，连电风扇也很稀有的年代，家里常备着三把扇子，一把蒲草编的，一把麦秸编的，还有一把是爸爸到苏州出差带回来的，有苏绣图案的绢的团扇。平时最常用的是那把蒲草和麦秸的，而那个团扇只是插在花瓶里，偶尔妹妹会拿来用一下。

最喜欢把鼻子凑到那把蒲扇上闻一闻，那仅存的一点点蒲草味儿，足以让人能感受到一丝凉风，而蒲草扇子，也在潜意识里，变成了风的代名词。那时候，每家都有两三把扇子，客人造访时，赶紧递过去。然后才是倒一杯凉白开，端过去，于是，所有的聊天都会从一句"今年的夏天真热啊"的寒暄中开始了。

这时候的扇子，已经不仅仅具有了扇风的功能，也变成了主人传递情感的一个介质，同时，也成了客人手中的一个道具了：摇动的速度和频率，总能代表着此时的心情和话题的松弛程度，聊到兴起，又变成遮在面前的遮挡工具，扇子后面的笑容可大可

18 世纪末—19 世纪初出口的折扇

18 世纪末—19 世纪初出口的折扇

小，在实在忍不住大笑的时候，拿去扇子拍打一下对方的肩或者大腿，也变得那么亲密而随意。

器物就是这样，在不同的文化环境和价值体系下，往往会被赋予不同的功能和意义。就像罗兰·巴特在《符号的帝国》里对镜子的描述："在西方，镜子从其本质来说乃是一个自恋之物：人们只是为了端详自己才想出要制造出一面镜子；但是在东方，镜子显然是空灵的，它是那些符号的那种空灵性的象征。

扇子也一样，在人们日常生活中，是生风、知风的工具。而在不同的环境下，又变成了约定俗成的一种语言。俗话说："文胸、武肚、僧道领、书口、役袖、媒扇肩。"就是这样的，文人，扇扇子的时候，一般在胸口的位置，预示着自己的胸怀广大；而习武之人，一般都是拉开架势，在肚子附近扇扇子，僧人、道士则不然，一般是扇领子的位置，以便让自己的内心平静，而书生为了表示谦卑、谨慎，防止自己说错话，常常是扇子挡着嘴；差官和衙役更爱表现，往往是用扇子对着袖子扇风，暗示着自己是个两袖清风的人。

小小的一柄扇子，不仅能引来自然的风。中国人也将这大千世界变化的意与息，依附在这扇子之上，随着风一起传递着、表达着。

葵、蒲、蕉、羽、纨、团、折。无论何种材质，何种形状的扇子，在漫长的历史演变中，不仅仅是造风的工具，更成为含蓄的中国人，控制个人信息表达的一个界面。纨扇的精致典雅，与扇面所示之物交相辉映，让女性更显"风情"；折扇的深藏不露，让文人骚客，在扇面张开时，诗书字画，尽显才华"风度"。于权贵，则更加威仪；于名媛，以示娇羞；于俊杰，则免于过多流露。

在时间的流变中，事物所产生的一些意义在历史中消失了，另一些意义却不断延续着。原初的意义在一个新的社会结构中，成为一种被认同的符号，被赋予了新的价值。

也许，这就是那看不见的，却能时刻感知的意义，赋予了我们生活的美好吧！

中秋月望

晦朔一月，春秋一年。

我们的生活就是在时间与空间的轨迹上，不断地寻找着价值和意义，周而复始，循环往复。

这里的时间可能是自然界的有着节气轮替的时间，也可能是由社会与个人规定的实际时间，但在中国文化的时间观念中，与西方的时间观念有着很大的不同。

"在中国，没有人把时间视为单调的绵延，他们偏向在'时间'里观察纪元、时节或时期的整体，在'空间'里观察区域、气候和方位的复杂关系。在这里，时间和空间是密不可分的：空间的部分对应着时间的部分，两者的象征是共通的，每个时期皆与某种气候有关，每个方位皆联系着某个时节。"法国汉学家葛兰言（MarcelGranet）首先洞察出中国未曾构思的时间概念。

的确，在中国人生活中，时间与空间是互相参照，互相校准的关系，是一个通过识别事物在空间里的变化，来完成了时间的视觉化和物质化的过程。就像平常我们所说的农历，或者说被称为历法的那个工具，就是我们的祖先相信月亮是支配我们生活的超自然力量，利用月相的朔、望、晦，上弦、下弦、圆、缺的变化周期，即朔望月为月的长度，参考太阳回归年为年的长度，通过闰月，以使平均历年与回归年相适应。而且自黄帝时代至今，一直就是中国人日常生活中所使用的传统历法。与现在的仅考虑太阳回归的公历不同，中国人的农历，同时考虑了月与日的变化，从历法上说，相对其他文化和文明的历法方法，显得更为精妙。

作为一种自然现象，月亮周而复始地运转，已不知从何开始了。唯独，中国的先人们，望着那时的月亮，赋予了它丰富而独特的意义。从《诗经》里《陈风·月出》"月出皎兮，佼人僚兮，……"的咏月开始，到"人生得意须尽欢，莫使金樽空对月""明月几时有，把酒问青天""八千里路云和月"……不同时代的人们，用自己那时那刻的心绪，为月亮作了生活的注脚。温婉幽怨的情思，悲欢离合的感怀，怀国思乡的壮阔，忧郁愁苦的孤寂……明月千里，亘古不变，月光下，记载着这片土地上的人们的日子、几千年来的故事，如同穿越了时空一般。

这一切，如同车尔尼雪夫斯基在《生活与美学》描述的那样，"构成自然界的美的是使我们想起来人的东西。自然界的美的事物，只有作为人的一种暗示才有美的意义"。

的确，人类社会一直都是这样，想方设法将人类的内在精神活动外显化和具体化。

中国人对月也是这样，有着这世人都不能比拟的意趣盎然。每一年的秋天，情感丰富而细腻温润的中国人，都会期待着中秋月圆的如约而至，希望把情感的变化和对未来的向往，一一与天象的变化对照起来。虽然每个人都清楚地知道，月的阴晴圆缺完全是个自然现象，而且每个月都会有相同的周期变化，但每个人却都相信，在那个被我们定义的丰收的季节里，那一次月盈才是最有意义的。

这种意义通过秩序、制度、规则转化为仪式，在不断重复的行为过程中，激发着信念和情感。因为意义，人们创造了仪式，仪式的重复又深化了意义，使其变得更有价值。

当某种不断重复的现象或行为，被赋予了价值和意义，就会逐渐形成某种秩序和规则。秩序和规则就是这样的，约定俗成以后，似乎没有什么道理可言，一旦固化下来，又指向某种意义的时候，就会逐渐成为社会秩序的一部分，并且在某种社会群体里都需要予以遵守。

从短时间来看，是个体塑造了社会关系；从长时间来看，却是社会塑造了每个个体。

通过月亮的变化，我们建立了秩序和规则，也变成了我们用来丈量生活中岁月流转的尺度。很多时候，时间对我们中国人而言，是一个模糊概念。在我们的头脑中，它更像一把把控自然生物节律的刻度尺，生、老、病、死好像都躲不开它创造的日常生活秩序的框架，正因为这样，我们的祖先也想当然地判定，它应该具有支配人类生存的超自然力量。

在中国人"天人合一"的哲学系统下，万事万物是都可以被天、地、人的逻辑来解释的。这里的天就是时间，地就是空间。天和地是共通的，也是密不可分的，就像时间和空间彼此相互对应一样，每一个时间都有一个对应的征候，每一个空间又联系着一个时节,这种不断的比对和校准,标识出了中国人的日常边界和生活变动,个体和集体的生命阶段和节律,创造出了稳定的社会组织结构、秩序和规则。

而人们就在这秩序和规则之中,参照着时间和空间的变化规律,如此往复地生活着。

那一年,从宜阳砍下的竹子,已经被整齐地码放好了。它们会被做成长短不一的十二支竹管,最长那根是九寸的,为阳数之极,一般会选中等大小的黍子,横排九十粒来确定它的长度,其他的也一样,以此类推,短的约四寸三分。然后,在每根竹管内填满河里的葭草烧成的灰,用竹膜封上口,埋在地下,竹管的上端与地面平齐,用布幔遮蔽四周,外面盖一个小房子,紧闭上门窗,这样更便于接候地气。

等到阳气上升,第一根九寸竹管里的草灰,受到上涌的地气影响,冲出竹管,发出"嗡"的声响,即为第一声黄钟律,这个声音被老祖宗称为"黄钟",这个时间被称为子时,节气为冬至。

每个月的地气上升的时候,都会有一根竹管里的草灰喷出,发出声音。如此这样,就得出了十二律,并且完全与节气吻合,这就是古人利用天与地的关系,来完成的黄钟定律。这发声的竹管,并非乐器,而是中国最古老的音高标准器。古人通过竹管,发现了顺接地气的自然奥秘,并捕捉到了与天地和谐的标准音,感知并记录下了节气。

通过利用"累黍法"和"吹灰候气",古人确定的黄钟律管长度，这也是度量衡中的"度"的起源。黄钟律管吹出来的便被定为"黄钟律"，以此制定出来的十二律管，来给古代乐器定律。

　　从自然的规律里，古人找到了自然的秩序，并以此构建起了社会秩序，人们在这个秩序的指引和约束下，逐渐形成了政治秩序和历史秩序。我们就在这构建的秩序里面，如此往复地循环着，这永远是我们割舍不掉的情感的维系，也是我们永远走不出来的规则。这样的规则在我们出生的那一刻开始，就已经印在了我们的记忆里，并逐渐变成了我们内心的秩序和规范。

花开如雪海

春节前逛花卉市场，居然遇到了一家卖棉花的。蓬松、柔软的棉花团在手掌与指尖中绒绒的触感，好像瞬间又回来了。轻盈、纯净，边缘散开着的棉絮，似乎带着阳光的温度，在光与影的作用下，勾勒出雾一样的柔光，像盛开了的云朵，或者像极了窗外那小堆没有融化的雪花。

春蚕吐丝，化茧成蝶，棉花枯萎，却盛放了云朵。这一切，便是自然给人类的最好的礼物。虽然在生活中，我们已经很难见到棉花原本的样子，却依然能感受到它的温暖。

一朵白色如雪的棉花，却带着舒适的温暖，那毛茸茸的四处漫开的棉絮，像极了和煦的阳光在我们皮肤上慢慢爬过的感觉。而我们对那片云的所有感觉，也只能通过意识中的味道和触感来完成啦。

这种味道和触感其实提供了一种隐喻。这种隐喻帮我们完成了视觉和触觉之间的隔空转换。视觉本身也是可以有触觉的，就好像我们在用眼睛触摸着那团棉花，所感知的是它的温暖。德勒兹在《感觉的逻辑》这本书中，就提出了"触觉的视觉"的概念："因为视觉本身在自己身上发现一种它所具有的触摸功能，而且这一功能与它的视觉功能是分开的。"

眼睛是人类最重要的视觉感知器官，为我们提供本能的视觉感官体验，"视"是眼睛被信息刺激的过程，而"觉"是眼睛受到刺激后，大脑对事物的感受辨别过程。往往只需要瞬间，身体与形象就会完成相互渗透，触感与视觉也会完成的融汇和混合，将客观的事物的物理性转译并传输到人的主观身体感受之中了。

在丝毫没有察觉的状态下，"视觉的触觉"传达的意象超越了叙事，这种意象又完全来自每个人的记忆和经验之中。棉花的这种视觉触感中的温暖就是这样吧，也许真的混入了我们对动物的绒毛所带来的温暖吧。

那年在芬兰，听当地人讲过一个很凄美的神话故事。传说有一种植物，旁边总是有一只小羊羔执着地啃着它的叶子，夜以继日，认认真真的，直到叶子被啃光自己被饿死，小羊羔的身体会变成白色的"羊毛"，供人们采摘。那个"羊毛"裹在身上，和羊毛一样暖和，而且还可以拉成很细的线，进行各种形式的编织。

最早的棉花就是被人们称为"树上的羊毛"。事实上，早在公元前5世纪，游历过两河流域的古希腊历史学家西罗多德，就提到过在身毒国（就是古印度）生长着一种长有"羊毛"的树，每到收获的季节，远远望去，像一片片的羊群。

那一片片的羊群终将会变成更纤细的样子，纤细到如根根发丝。这发丝又被捻成了一根根的棉线，再织成棉布，就这样，那像一朵朵棉花糖的云，被变成了一片片能透彻光亮的薄片了。

入冬之后，家里的棉衣，千层底的棉鞋，厚实的被子，都是棉花一片一片絮成的。偶有几丝棉絮从衣角的缝隙中冒了出来，顺手揪下来，放在手心里，能摩挲好久。妈妈会特别收集这些细碎的棉絮，捻成个棉绳，做成灯芯。

前几年在鲁大姐那里看到的一条毛巾，就是按这个逻辑来尝试的。通过日晒，让棉花好好地保留下阳光的味道，采用强弹弱梳的方法，尽量保留棉花的蓬松度和纤维不被破坏，然后用手顺着纤维扭转成棉绳，再用木锭缓缓抽纺成纱，退合成线。这时候，棉线的粗细机理自然随机多变，纤维因强弹而变得横竖弯曲，经纬织造而形成了诸多大大小小的不同的空气室，使毛巾变得蓬松度非常好，吸水率也特别高。放在手里，软软的，带着一种来自田野深处看不见的馥郁的香味，混合着泥土和青草的气息，再次扑面而来，真的就像托着一片棉花。

虽然从毛巾、衣物，甚至是我们用的纸币，生活中的棉花早已变成我们不认识的样子，甚至不会意识到它的存在，但是，棉织物给我们带来的那些温暖，以及棉线上独有的、带着摩挲质感的柔顺与舒适，让我们想到它本来的样子，以及最初的味道时，依然会在意识中被唤醒，隐约地浮现出来。

这种体验与感知，我们无法用准确的概念去表达，却丝毫不影响我们借用它去表达我们的情感。温暖、冰冷、光洁、粗糙、木纹、金属……不同材质的器物，给我们带来不同的感受，它不仅仅是视觉的，触觉的，还能触发我们记忆中其他的感知片段。

结婚那年，老岳母特意请弹棉花的师傅，弹了八斤棉花，亲手为我们做了两床婚被。我们本来已经准备好了羽绒被，可老岳母执意要让我们用这个，也许是她担心羽绒被不够"暖"吧！

龙凤呈祥的缎子被面上，细密的针脚规整地排列着，每个被角都45度严丝合缝地对齐着。按着老理儿，婚被要做成六斤或者是四斤的，取"四平八稳"或是"六六大顺"之意。婚被的被角也要缝成斜的，应该是谐音"谐"字，预示着和谐和睦，而每一个被角也都缝了两枚铜钱，一共缝上了八枚，寓意着家庭财运兴旺、财源滚滚。

婚被也不能在被芯上面直接套被罩，而是要有里有面，就是有被面和被里。缝被面和被里的时候，也必须一线到头，中间不能断线，不能接线，不能结线疙瘩……

一切都按着说道儿，按着规矩运行着。礼儿多，讲究和规矩就更多。这个礼儿，就是基于社会的行为准则和道德规范，对现实形成的一种固定的情感，转换成特定的意义，而形成的符号的内在秩序。

生活中蕴含着情感，而情感在一定意义上，其实是道德和价值在生理上的一种生理评价和体验。当特定的行为被赋予了某些情感，就会衍生出特定的形式，而这个形式会依据社会的规则和秩序所形成的价值感，创造出约定俗成的、固化的符号秩序，形成完整的共享符号系统。符号系统虽然与真实发生关联，却指向了更深层的意义。这样，符号自循环系统也就代替了符号对真实世界的表征。

"慈母手中线，游子身上衣"，蓬松的棉花、细细的线和密密的缝应该就是被赋予了意义的符号系统，而这一切就是在老岳母心中那一直挂念的"暖"吧！符号对每个人的意义是不同的，却充当着价值判断的标准。行为不断重复，情感也不断被累积，被无限地放大着，逐渐叠加升华成符合我们自身逻辑的意义。

当器物所隐含的东西超过显而易见和直接的意义时，就可以说具有象征性，而且它有个广泛的社会文化层面，谁也没法替代这层面下正确的定义，也没法作充分的说明。软绵绵的棉花被赋予了更深层的意义，作为情感、物体和象征，棉花成为人类赋予它的全部想象，而此想象全体，又始终在无限延伸之中。

"一个可持续的精神世界能够解释所有事情的意义。精神世界以何事为本，意味着解释任何意义的方式。"（赵汀阳《历史为本的精神世界》）赵汀阳老师的这段话，把这种关系描述得非常清晰。

夹缬笼裙绣地衣

当年我在北京工艺美术品厂的仓库里，见过一对一片片小贝壳片拼贴成的大雁，当时只是觉得很漂亮，估计拿来挡门应该不错。后来在整理中国传统婚礼器物的资料的时候，才发现，这居然也是被我们忽略或者遗忘掉的传统文化中的说道儿、礼儿。

传统中国婚礼上，男方要以献雁为贽礼给女方家，谓之"奠雁"。古人认为，大雁是候鸟，南来北往的随气候变化迁徙，是顺乎阴阳变化的，迁徙的过程中，长幼有序，不相逾越，而且配偶固定合乎礼义，一只死了，另一只不再择偶。婚姻以对雁为礼，寓意一对男女的内外和顺，也象征婚姻的忠贞专一，男女双方坚守不渝。

至今，却在我们的生活里被忘却了。也许，我们的好东西太多了，丢那么一两件也不可惜。但当你在偶然中，重新拾起其中的一件，与之相视的那种心疼，可能真的是无法描述的。那种疼，其实是你突然发现，在你记忆的时间线里，那一处处断开的、消失的片段再也无法复原，以至于让你再也无法构建完整的历史的结构。每一种这样的结构都只能靠文化连绵不断的发展而制造出来的，如果文化断了，那这个结构的意义又在哪里呢？

那对在角落里的大雁，依然在灰尘中依偎着，不离不弃着。

奠雁

贝壳片在光线下，泛着柔柔的光，好像他俩彼此在诉说着什么……

事到如今，温州人结婚的时候，也不再迷恋那个二十世纪六七十年代，婚嫁必备的敲花被了。当年那是一件非常重要的事情。女儿一旦订下婚约，娘家一定会选个黄道吉日，纺纱、织布，然后送到当地最有名的那个染坊，选上寓意吉祥的图案，夹上16方或12方雕花的板子，染一匹布，做成陪嫁的被子。

把绢布或者棉布夹在雕版里，进行染色，是中国最古老的染色工艺"三缬"（绞缬、蜡缬、夹缬）之一—— 夹缬。"缬"是指在织物上印染出图案花样，顾名思义，夹缬便是用两块木版雕刻同样花纹，以织物对折，夹入刻版中，然后在雕空处染色，形成对称的花纹，其印花所成的纱、绢等丝织物叫夹缬。

绀地花树双鸟纹夹缬木刻版

现代蓝夹缬印版

温州当年流行的是蓝白色的夹缬。由于需要被长方形的雕版夹住染色，而且要使劲地敲打、压紧，所以，当地也叫"方夹被""敲花被"。按当地的说道儿，新婚小两口如果不盖敲花被，必将家庭不和睦，或者没有儿子。由于传统织布机宽度的限制，原来的织布幅宽最多就能达到60厘米左右，所以，染坊出来的夹缬都是窄长条的布，按照当地的习俗，需要裁开，图案两两相对，前两幅画面头朝上，后两幅画面头朝下，完成拼接，做成被面。这样，无论被子反正，盖着被子的小夫妻都能看到整整齐齐、完完整整的图案。

一直以为夹缬就是以民间土纺棉布为主要布料，以蓝草炼取的靛青为染料的民间防染工艺。直到看到日本正仓院收藏的唐代绀地花树双鸟纹夹缬，才意识到，这个始于秦汉时期，盛行于唐宋的夹缬，是那么的花纹丰富、五彩斑斓，根本不是现在夹缬呈现在我们面前的样子。

那时的长安，应该足够繁华。否则怎么可能用那一根根丝线，轻松地编织出一条东西方的贸易之路。单色的线，斜纹织造的带暗暗的花纹的绫；五颜六色，染好颜色的经纬线，织出的锦；已经足以让人心驰神往，耐得住商路上的所有艰辛了。而那平织和绞织的罗和纱，虽然只是单色，也没有花纹，却似有似无，薄如蝉翼，让人瞬间跌入懵懵懂懂的梦中。

一棵圣树、一只天虫、一缕丝线，织成了曼妙的绢、绨、缣、纱，也织成了更高级的罗、绮、纨、绫、锦。一根丝线，一片锦绣，细到几乎看不见的丝线，却织起了一个"金吾不禁夜，玉漏莫相催"的盛唐，也为整个世界在东方织出了一片绚丽的朝霞。

一般丝绸是平纹织成的，经纬线的比例是大致相等的。而高级的丝绸往往是通过经线和纬线的数量、色彩和角度上的不同变化，来形成一定的装饰纹理和图案的。除了锦是先染好丝线再行织造外，其余大部分织物都是先行织造，然后再进行染色，再印上图案的。

秋风生渭水，落叶满长安。

北枕渭水，南望秦岭的长安城，秋天是最为清爽宜人的，也是很多染坊最忙碌的时候，他们要赶在入冬前，抓紧时间，将最后一批织物浆染、印花。

一切喧嚣，都掩映在终南山的秋色里面。那五颜六色浆染好的丝绸和着那遍山红叶，在山坳中飘荡着。雕刻好的印版已经洗刷得干干净净，放在了台面上面，采摘好的蓼蓝、马蓝的叶子也用水浸泡上了，姜黄、栀子和槐花静静地散落在簸箕里，染缸里的天空，已经被地苏木映成了大红色……

唐玄宗的一位婕妤的妹妹赵柳氏，也想赶紧赶制一批花布，好在皇后的生日上，作为礼物献给她。她的做法和民间的工匠染法有很大的不同，当时的夹缬，是把染过色的丝绸，分层折叠夹在木板中，每层夹上各种颜色的植物花叶，用木棒捶打，把叶子的汁液沾在丝绸上，然后进行染色。由于有叶汁处不着色，或者和染剂不同的颜色，所以能显出五颜六色的花纹。

而婕妤的妹妹的方法，是请工匠雕刻出带有图案的刻板，然后把丝绸夹在中间，利用染料在凹进去的花纹的流动，来进行染色的。这样的染色方法，花纹和颜色不仅可以丰富起来，印染的效果也变得可以控制，远远超过了那种用植物叶子的方法了。

温州的夹缬就是一直沿用着这种雕版印染的方法。而在当时，雕版夹缬技术只能在皇宫内部使用，夹缬织物也只是盛行于唐朝的宫廷和军队。那时的夹缬虽然只有红、蓝、黄、绿四个颜色，却丝毫不影响人们对印花服饰的追求和喜好，虽然有颜色的限制，反倒促进了人们对雕版的花纹和工艺的研究。

历朝历代，中国皇帝、宫廷一直是艺术产生和生产的中心，因为只有他们才拥有足够的人力和物力资源来进行大规模的艺术活动，而这种活动往往是通过视觉和物质形式，来完成对皇权的合法性和社会身份的不断强化。所以，每每帝王的审美，也会像权力自上而下传递一样，最终都会成为民间时尚的风向标和模板。从楚王好细腰，大臣们就每天都是吃一顿饭，来节制自己的腰身，以至于民间纷纷约束腰身；到汉灵帝喜好胡服、胡帐、胡床、胡坐，京城中的皇亲国戚和贵族竞相模仿，老百姓也闻风而动。这次，夹缬也不例外，皇宫中，早已经夹缬笼裙，满园春色了，宫墙外的人们又怎能按捺得住呢？

于是，夹缬变成了长安城最靓丽的风景。一簇簇蝶戏争香朵，莺啼选稳枝的艳香，也迅速飘遍全国，乃至世界。就连日本圣德太子派到中国来学习先进文化的遣唐使，也将夹缬带回了日本。日本人称夹缬为板缔，也按捺不住，大量应用到和服的面料制作上面。

朵花团窠对鹿纹夹缬幡

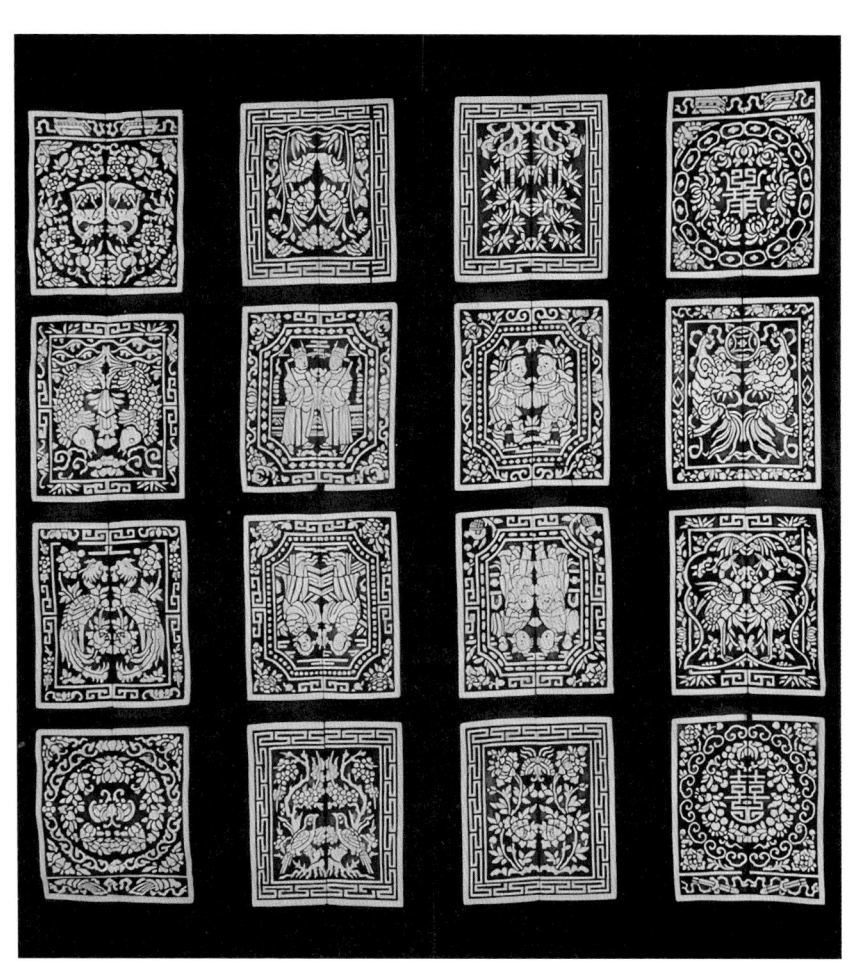

清代　福禄寿喜纹蓝夹缬棉布被面

花鸟图夹缬屏风（绢本） 日本正仓院藏

唐代 羊木臈缬屏风

唐代夹缬罗几褥　日本正仓院藏

明代 夹缬绢

夹缬的确让人痴迷，不仅因为它的图案丰富，变化多端，而且它让人们摆脱了织锦的繁琐工序，刺绣的耗时耗力的问题，轻轻松松地完成了批量的定制生产。夹缬工艺的进一步发展和完善，应该和隋唐时期雕版印刷的出现有关，从简牍、帛书、刻石到写本，雕版印刷解决了书籍批量制作的问题，完成了对知识的大面积普及。而夹缬也有异曲同工之妙，它为本来就很玄妙的织造技术，又染上了一片繁华。

每个时代中，每一种形式终将被新的意义重新建构，而这个建构的过程中，一定是文化、思想和技术所产生的新的意义而产生的新的概念，来指引着变革的方向，而且周遭影响也会留下一定的印记。

对美好生活的追求，生产出了夹缬，而夹缬又装点着生活，虽然，这个时间并没有保持多久，夹缬依然又重蹈覆辙，依然没有逃出帝王审美的怪圈。政和二年，宋徽宗指定复色夹缬为宫室专用，民间再不得使用复色与宫廷的样式，而且严禁贩卖缬板。就这样的情况下，夹缬被迫要改变色彩，改变形式，以便在民间悄悄地存活下来。

到了元朝和明朝，工艺相对简单的油纸镂花印染开始风行，夹缬再次躲在了生活的背后，而且越藏越深了。

或许是浙南的那片山地的阻碍，将夹缬很好地隐秘了起来，或许是宋高宗南渡后，从海路逃到温州，发现"市舶之利最厚，所得动以百万计"，而号召对外开放，加大出口贸易，温州变成了对外贸易的主要港口。夹缬就这样在温州延续下来，虽然变成

青地夾纈絁桌墊 日本正倉院藏

了单色蓝染，但终究还是让我们看到了当年盛唐的痕迹。

夹缬上布满了日益细致的生活纹理，雕版上深陷着时间的深度，那扑面而来的时间质感的味道，足以让我们从上面感受到那黄金岁月留下的精致的手艺。

知柴断火

洪晃老师在我们第一本《日用之道》的序中写了这样的一个小故事：英国哲学家罗素，曾经写过一篇小文，讲的是杏。他说他自己吃杏的快乐来源于他知道这是一个从中国传到欧洲的水果，到欧洲的第一站是意大利，被命名为 Precoca，但是当杏传到英国的时候，名字走样了，变成 Apricot。罗素说这种小知识不会影响杏的价格，可以说没有任何用，但是不知道为什么，这个小知识让他每年夏天吃杏的时候多了一份享受。

这种享受就是我们常说的"讲究"吧，有理有据，知其然知其所以然。

其实，生活中最普通的事物，往往都能给我们带来更多的快乐，就像罗素吃杏似的。但前提是，我们要对它有很深入的了解、知道里面的规则和秩序。

曾经看到一位收藏界的先生写的一段故事，说他在七月份的时候，请了两位老前辈，去北京有名的鲁菜馆子翠华楼吃饭，点了一道那里的看家菜：糟熘鱼片。鱼片一上来，其中一位老前辈夹了一片搁嘴里，皱着眉头说：这鱼片不成，肉不够脆。鱼片不成，主要是鱼不对了。

讲究的人都明白，好的糟熘鱼片要用好的鲮鱼，而且得吃立

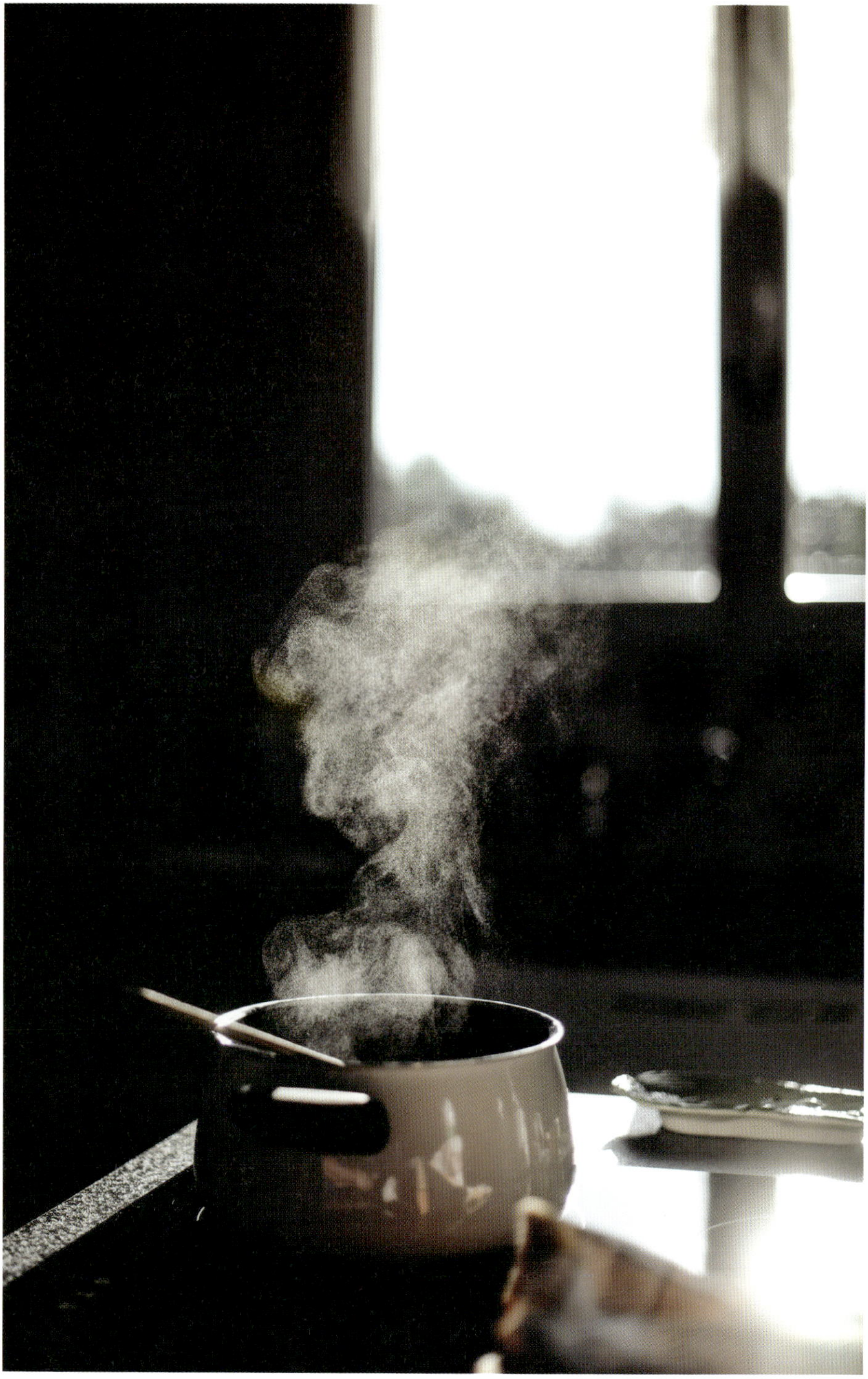

秋以后、立冬以前的鱼，在这个时间点以外点鲮鱼的全是外行。什么是好的鲮鱼呢？鲮鱼的繁殖期为 4 月下旬至 7 月上旬，这时候的肉是口感最不好的时候，鲮鱼是暖水性鱼类，在水温 15℃至 30℃时，食欲旺盛；而水温低于 14℃时，就聚集在深水区不大活动。这时候才是肉质最美的时候，这样的糟熘鱼片才是讲究。

的确，我们的老祖宗，吃喝拉撒，行走坐卧，都透着一个讲究。细细想来，"奢侈"又如何能表达明白？相对而言，我们的祖宗最"奢侈"的还是他们对当下日子的计较和看待未来的眼光。

这种计较应该就是对事物之理的推求穷尽的过程吧。

不仅仅是对食材的计较，其实，用不同的柴火燃烧做饭，也会达到风味各异的效果。清代扬州的盐商童岳在《调鼎集》一书里面，就斤斤计较地描绘出了各种木柴煮饭的不同效果：用桑柴火来煮老鸡和猪羊，不仅能煮得很烂，而且能解一切毒，是养人的。用稻穗火和麦穗火这样的茅柴来煮饭食，会有很大的区别，稻穗火可以安人神魂到五脏六腑，麦穗火可以消渴润喉利尿，茅草火可以明目解毒。而松柴火虽然适合煮米饭，可以强筋壮骨，但却不适合煮茶。用栎木来炖猪肉可以防止风寒，炖鸡、鸭、鹅、鱼等会特别容易烂。竹子用来做柴，适合煎一切滋补的药。而比普通柴火更讲究的炭火，适合用来煎茶，味美而不浊。

知柴断火，才能成就一桌好饭。柴火是需要讲究的，而煮粥饭的用水也是一样。很多时候，饭容易煮得夹生，不是煮得太烂就是烧焦了；而粥往往也是米沉在下面，上面只有清汤，像糨糊一样。这是由于火候没有把握好。

而煮的饭软硬合宜,熬的粥干湿适中,看着很好看,吃起来却没有味道的,应该就是用水没有节制,增减没有根据规律导致的。

"粥水忌增,饭水忌减。"米的精华,往往都在那慢慢熬制出的米汤里面,煮粥的时候水放得太少,煮饭的时候水放得太多,都会大大影响口味。煮饭的水多了就沥掉,等于把米的精华也都沥掉了,精华去掉,饭也就没有什么味道了。而粥煮熟后,是水和米混合得最合适的时候,担心太稠又加上些水,就把精华稀释掉了。这个就像米经过初熟,酿成酒一样,如果在这个过程

粗茶淡饭

中，总是加水，那酒也肯定变得索然无味了。

坐在灶前，添一把柴，加旺炉火，默默地在旁边守候着……虽然柴火的确不好控制，要随时增减，但彼此的照应，却多了份相互的尊重。

从前柴火慢，确是真实的日子。

食物的香味与日子的美好，就在时间一分一秒的推移中，在咕嘟声中，慢慢地蔓延开来。总是不停地掀开锅盖，除了是关注火候，其实更希望这饭香马上能充满整个房间，充满日子里的美好。

李渔在《闲情偶寄·饮馔部》的"饭粥"里，描述了粥饭用水的窍门，同时也记载了他常用来待客的"花露饭"的独家秘方。

在中国传统文化里，待客之道其实是将时间和空间上的"谦恭有礼"的距离逐渐缩短的过程。精心的准备，食材的计较，形式的变化，无外乎都是通过多种方向来表达情感，来消除彼此的距离。在饭刚熟的时候，准备一盏花露浇上去，然后盖上闷一会儿，拌匀以后盛到碗里，这样，虽然只是寻常的米，也让吃的人感觉米非常好，还以为是什么奇特的品种。

花露的花草香味与谷米香味在蒸汽的作用下，迅速混合在一起，从而激发了谷米特有的植物清香，让人头脑中再次映射出那绿油油的稻田，那微风吹过飘过来的一片草香。

花露以苦薇、香橼、桂花做得最好，因为这三种花的香气和谷物的香气比较像，令人难以分辨。而花露的制作方法也相对简单，把鲜花放在器皿中蒸馏，花瓣中的香精被蒸发出来，混入水汽中，带有香气的蒸汽重新凝结成液，便是花露。花露制作完了，不一定要整锅浇遍，那样很费花露，只用一盏浇一角，够客人吃的就好了。

一点点的花草香，让平淡日子里的粗茶淡饭，徒添了一丝惊喜，也让客人体察到主人貌似不经意的精心，主客之间也正好多了份谈资。吃饭这件事情，无形中折射出我们的生活方式、人生态度和价值观，而对食材、形式乃至火候、水的把控和计较，恰恰将这些完美地呈现出来。

难怪京都做拉面的师傅们，不断地在拉面的截面是方是圆之间进行着选择。拉面截面有圆形、正方形、长方形、横长方形、竖长方形，等等，这样不同的截面不仅决定口感的软硬，还取决于拉面汤汁浓度。一般情况下，沾面和浓汤拉面适合长方形或者方形截面的面条，这样的话，汤汁更容易挂在面上。面粉的种类、面的粗细、加水比例、收缩程度，这些比例的不同组合，会给拉面带来不同的口感。而且汤头的不同，选择的面条也不同，清爽的汤头要选配圆形截面的曲面条，浓郁的汤头要选配方形截面直的面条。

看似简单的一碗拉面，却在背后不简单的计较中，浓缩了一个人的生活态度。而拥簇着每个拉面师傅的粉丝们，应该不仅仅是独爱一碗拉面的美味吧，更多的应该是内心觉得遇到了对的人吧，因为在那个人的身上，他们看到了自己，看到了和自己有一样生活态度的人。

人这辈子，爱吃、爱享乐、爱思考，而餐桌正是我们可以同时做这三件事的地方。为什么食物对我们那么重要？我们和食物的关系是什么？我们选择要吃什么，其实涉及人性的本质层面：感官、社会、文化、创造性、情绪和知识结构。而对这些的认真思考，也正是对我们和自然的关系，和其他动物的关系，和其他人的关系，以及和我们自己的关系的讲究。

钱穆先生曾经说过："大体文明文化，皆指人类群体生活言。文明偏在外，属物质方面。文化偏在内，属精神方面。故文明可以向外传播与接受，文化则必由其群体内部精神累积而产生。"讲究，像是内核文化的外在文明表现形式，它会自然而然把我们带回那个经典的哲学问题，我们从哪里来，我们要到哪里去，而这个问题的答案无时无刻不体现在我们日常生活的每一个角落和我们自己的每一个动作里，它是闻得见的花草香，也是由衷体会到的花草的美，它会让你看见朝阳和夕阳掩映之下不一样的云彩，它是立秋之后立冬之前的鲅鱼做的糟熘鱼片，它是生活里最简单也最闪亮的美。

第三章　有相知故无怨

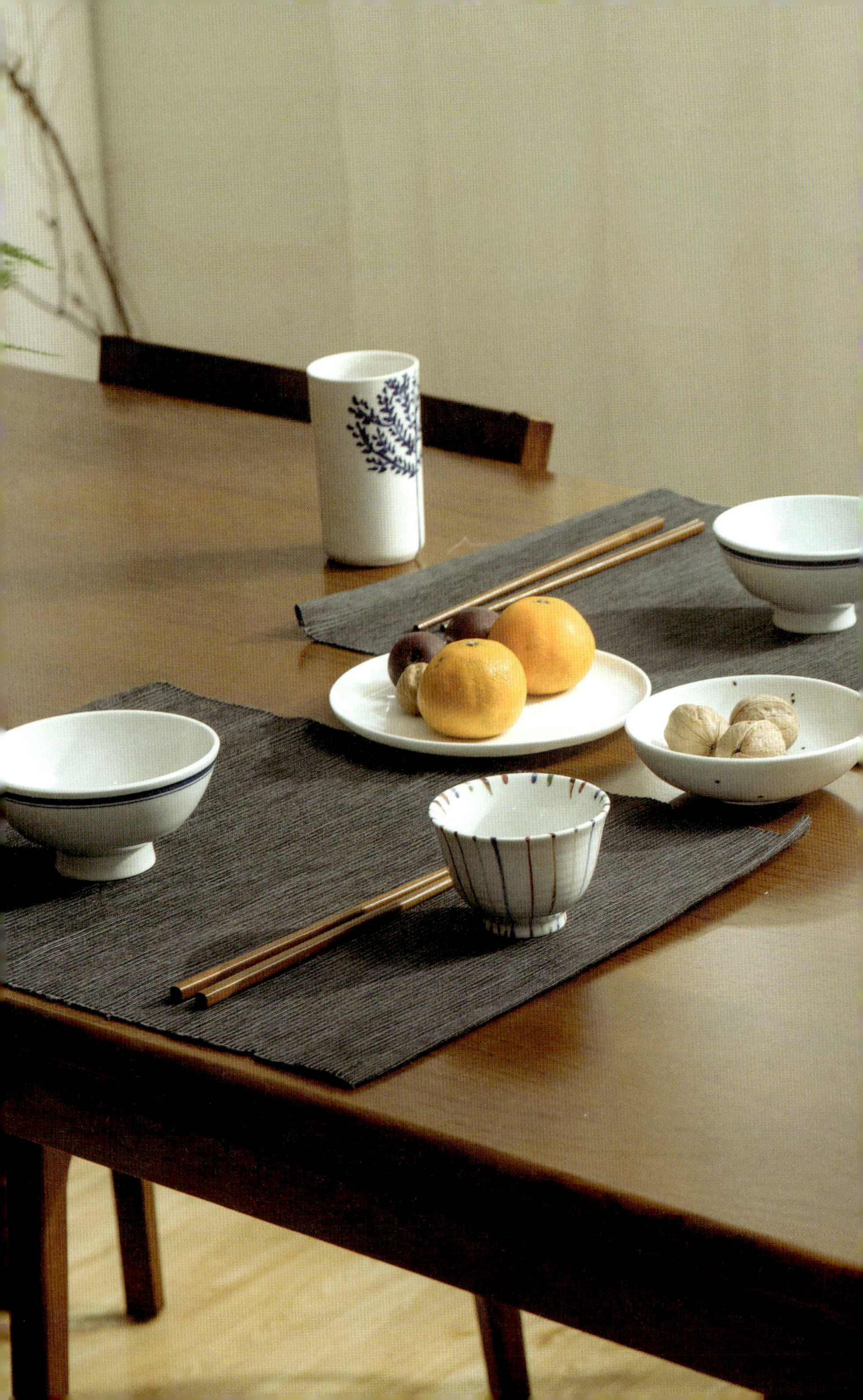

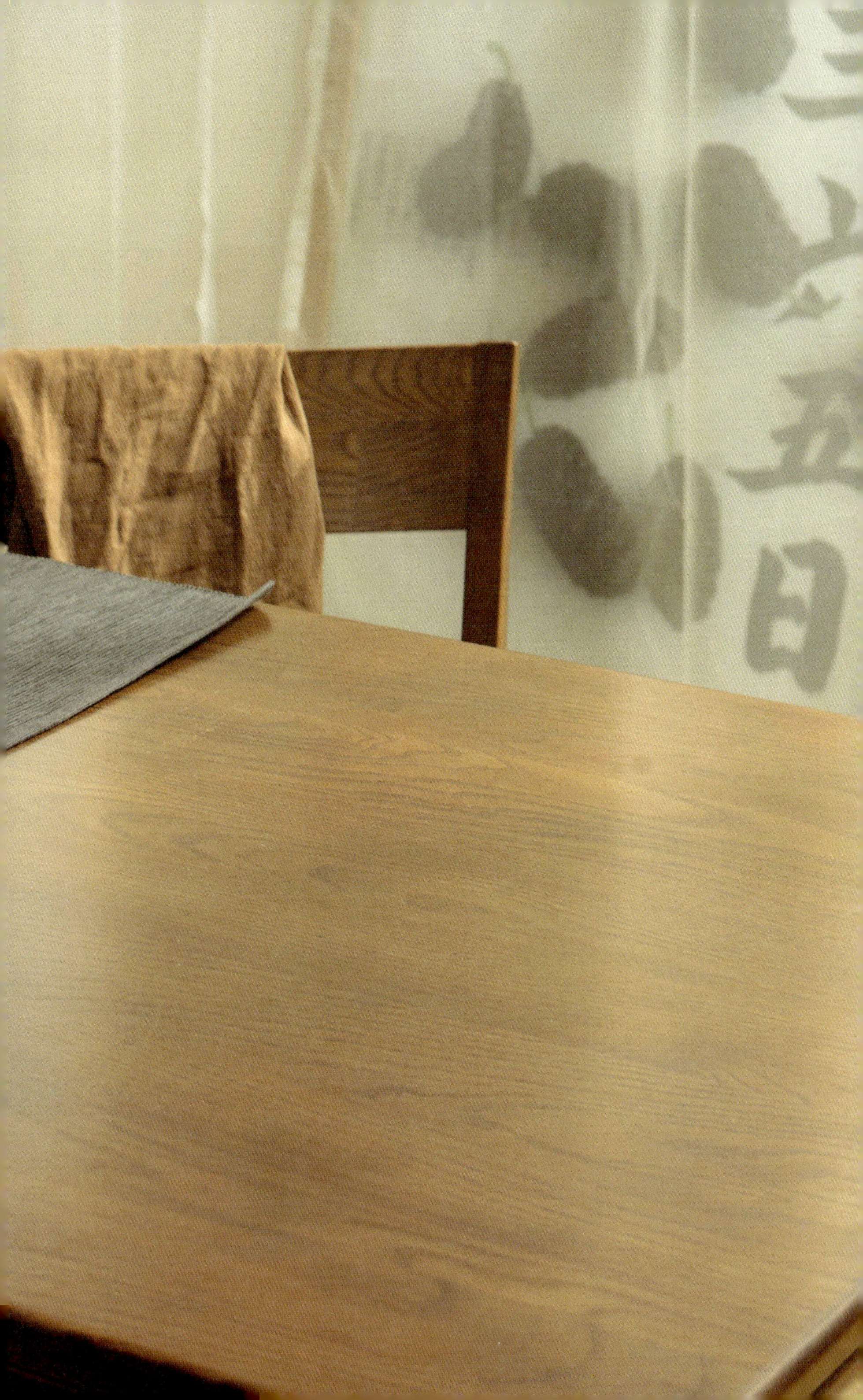

记得赫尔曼·鲍辛格尔说过，有乡愁的人，通常都不会思念多彩的传统民族服装，也不会思念故乡通俗音乐或者类似的组装产品，而是思念特定的人，思念亲友，思念乡音，家乡菜，街角小酒馆，自然风光中的漫游。简而言之：思念的是那些熟悉的日常生活，是在一个特定背景和环境中代代相传的生活。

一直都有个习惯，每到一个地方，都会去当地的旧货市场逛逛。在那里，可以嗅到塞塞窣窣日子的味道，可以遇到最明显又是最隐蔽的故事，可以发现那个躲在器物背后的代代相传的生活。这些貌似失去价值而被遗弃的器物，往往是和日常平凡生活联系起来的，它们"蕴含"了人们对记忆的理解，以及生活和人际关系的变迁。

每一个旧货摊的后面，都有一个厉害的主人，都有一个关于生活的故事。关于旧货的形成，其实更多的是过去的生活风格与态度的缩影，换句话说，这种"旧"，是器物在空间和时间中存在的最自然的状态，是一个人的生活完整的美学呈现。每一件物品，似乎都是主人内心的展现，是他们对于生活的爱与理解。

所见旧物如遇故人。这也正是器物的魅力吧，物品随着时间与人一同自然前行，见证着不应忘记的物质过去的存在，以及驱动这种存在的某种价值和意义。于是，器物就顺理成章地成了人的行为与世界的介质，貌似若无其事使用着的东西，其实都会因文化与环境的不同而呈现不同姿态。长久存在，一直铭刻于时光之中的器物，能以一种超越自身价值的价值，传递着每代人的思维核心与方法，使我们于其中获得了不断变化又不

竹编茶盒

失精髓的、传统智慧的方法，并影响着我们，成为我们的性格和人生观的一部分。

　　对于每个人而言，器物的本质是用，是用这些自己所爱之物，作再造生活之用。将喜欢的器物，一点点地收集到一起，再将其带入自己的生活，这样的话，便有可能一步步发觉怎样才是"适合自己的生活"。当然，在不断寻找适合自己的各种器物的同时，其实也是在寻找一个属于自己的生活方式。而且，每一件费尽心思搜罗来的器物，在进入到我们的生活的时候，已经带上了生活所赋予的各种表情。如此相伴，几年后、几十年后，在日子流逝中，器物的表情还会再度变化，岁月会为它们染上颜色，会使它们刻上划痕，也可能会产生裂痕……但这就是它们该有的样子，也令它们不卑不亢，更为特别。

　　器物是一组证明我们在这世间起过作用的象征，是我们从这如梦浮生中获得的物质、文化和情感的收入。器物在我们求偶、成家的过程中日渐增加，反映出我们的趣味、财富、历史、文化与政治倾向，又成了我们的信仰和希望的象征。像作家皮埃尔在《非洲闪电号》里写的那样。

物质和形体的诗

对于人而言，器物与生命始终维持着一种单纯的关系，之所以称为单纯，是因为这种关系归根究底是无关器物的形状、材料和色彩，更无关器物的本质。而所有一切，仅仅在于人本身对于器物单向的偏爱，这种偏爱，更像人间称之为"爱"的这个看似非常模糊的东西。爱，其实是一种对其他的人或者物的单方向的喜爱，而由此产生的满足感和幸福感，往往是带有主动给予的或自觉期待的色彩。当我们对别人或者物付出爱的时候，那种美好的感觉就来自这个过程，或者说，是来自对某种结果的期盼过程而已。而期盼的时间越长，结果的未知性越大，那种美好的期待和幻想就会越大，也让人更加期待。

我们爱上或者去爱一个人的时候，归根到底是对自己的期待而形成的美好的感觉的自我反馈过程。这个过程可能会因为很多因素而变得不确定，尤其是我们的对象是人的时候。相比之下，物是相对稳定的，它不会像人一样带有主观的自我选择性，或者说，它根本就无法选择是否被你爱。面对我们的爱，物在某种意义上是被动的，也正因为这样，我们才与物形成了单纯的关系。对物的爱，也来自我们貌似不需要报答的某种期待，这种期待可能是因为在它身上，映射出的自己的模样，也可能在它的身上，

客厅的一角

看到了曾经有过的经历和故事。这个经历和故事也许是我们自己的，也许是关于物的，而这种期待也因为物的单向性，而变得简单、纯粹，就像一个小孩对于糖果的天然的喜爱和期待。

生活中的一切其实都被期待维系着，它牵引着我们内心的记忆，不断填补着内心的缺憾，也成了不断期待的动力。

在这种期待下，时间和空间已经摆脱了现实中认知的框架，自我的存在也被拉扯进了内心的构建中。这个时候，我们自己可以自由选择存在的模样、存在的时间、存在的场景，寄意于物的一个微小细节。我们成了自己的导演，我们谋划着、编排着，在记忆中搜罗着，在时间和空间之间，真实和幻觉之间穿梭往复，自由地进出着。

从根本上说，记忆是我们完成复杂而庞大的思维过程的基础，它不仅仅是对以往事实的简单的储存，而是对事实加入了想象力的再次重构。我们生活在日常生活的常识世界中，这个世界装载着各类的知识体系，而这些知识就储存在我们的记忆里，每个人自觉或者不自觉地，都会把他记忆中的知识带入眼前的场景之中。对于我们个人而言，人类的知识与才能不是天生的，而是后天在社会中，不断学习和实践而逐渐积累而成的。

1920年在印度加尔各答被发现的两个狼孩，就出现了这样的问题，他们被发现的时候，生活习性与狼一样。昼伏夜出，四肢着地行走，而且很怕火、光和水，吃食物的时候是放在地上用牙齿撕开，而且他们没有语言能力，所有的表达是和狼一样的嚎叫。

像彼得·伯格和托马斯·卢克曼在《现实的社会构建》中写的,个人经验和社会经验都可以被客观化,并被保存和积累下来,通过这种积累,一个社会知识库就形成了,它代代相传,被日常生活中的个人所继承。所以,我们个人的个体记忆,是要完全依赖社会的集体记忆而形成。人类不断的进化和发展,共同的生活中形成了总体经验。这些经验沉积下来,融合并构建了一个共同的知识库,凝结为记忆中可识别与可记忆的实体,同时,也构建了一个具有象征意义体系的社会框架。正是这种框架,才使得我们的全部感知和记忆在经验、期待和行为空间下,具有了某种特有的形式。

器物的存在,作为一种象征,也作为一种隐喻,努力地诠释着这些形式。

我们所赖以生存的生活世界,必然离不开朝夕相处的器物,而所有模式的器物都归属于这样的生活世界。它们理所当然地存在着,并成为社会共识。这些器物所呈现出的,是特定历史情境中,特定群体所处的特定社会环境的知识的规律性和相关性。

日久常伴的器物,它身体上所呈现的各种痕迹记录下了这些,用最朴素的语言,记录了平整、完美、繁华的日子。虽然我们的生命都是有限的,而我们若可从某些的器物中,看得出生命的坚韧性、超越性和无限性,器物就有了它的真正价值,这个价值像我们喜欢的诗歌一样,用高度凝练的语言,生动形象地表达着生命和存在的方方面面。而因为这个,器物更具备了生命的精神投射。

一只木凳

所谓"诗者,志之所之也。在心为志,发言为诗"。这一切正如《毛诗》中所言。

一切事物都以某种形式存在,同时我们也必须通过事物的形式来感知其存在和内在信息与意义。那是一种无人触及的玄妙,唯他自知的情分,朴素踏实的温暖。事实上,当真实的现象、器物、声音对我们的记忆起作用的时候,它们会从现实领域里被转送到我们的精神世界里,而在精神世界里,它们已经变成了我们心灵的映射。

正因为有了这种映射,每个人都会有自己的视角和想象,都会顺着自己的想法,一步一步地去构建自己心中的美好景象,这景象就是我们内心的回声。

这回声就像每个人心里永远没法忘掉那首歌,也许是因为旋律,也许是因为某一句歌词。音乐响起,每个人都开始在歌的身上寻找着自己的影子,也许是歌词,也许是歌里的故事,也许只是寻找自己期待成为的样子。

消隐的过去

从物理的角度，声波在介质中的传播过程中，碰到大的反射面将会发生反射，所产生的声音与原声区分开的反射声波叫做回声。真实的声音所产生的回声也应该是真实的，这种真实在回声的渐次消减和互相干扰中，逐渐变得让我们不是那么确定了，究竟哪个是最真实的声音？这个不确定性，反倒让我们不断地去追问真实的声音的真实性。

回声一遍又一遍地复述着原声，像是在诠释着什么，而原声又利用回音在不停地强调着声音的本源，一切在貌似互相冲撞的状态下，完成了和谐和统一。

有一年春天，去米兰参加米兰设计周，偷闲去了趟米兰DOMO教堂，特别凑巧，赶上了那天的活动。当唱诗班的歌声响起的时候，回声完完全全地将教堂的空间填满了，凭借着回声，原声在人与人、人与空间中间建立起了一个强大的共同体，也让我们产生了具有共同信念的感觉。这可能就是回声的根本作用吧！

我们个人与周边的世界的关系，也和原声与回声一样。

寄予器物的好，我们的内心也得以再现。所谓的"再现"（representation），这一源自希腊的字词，就是对于所视见、所记忆、所想象的事物的一种非语言化的、可视化的表达，

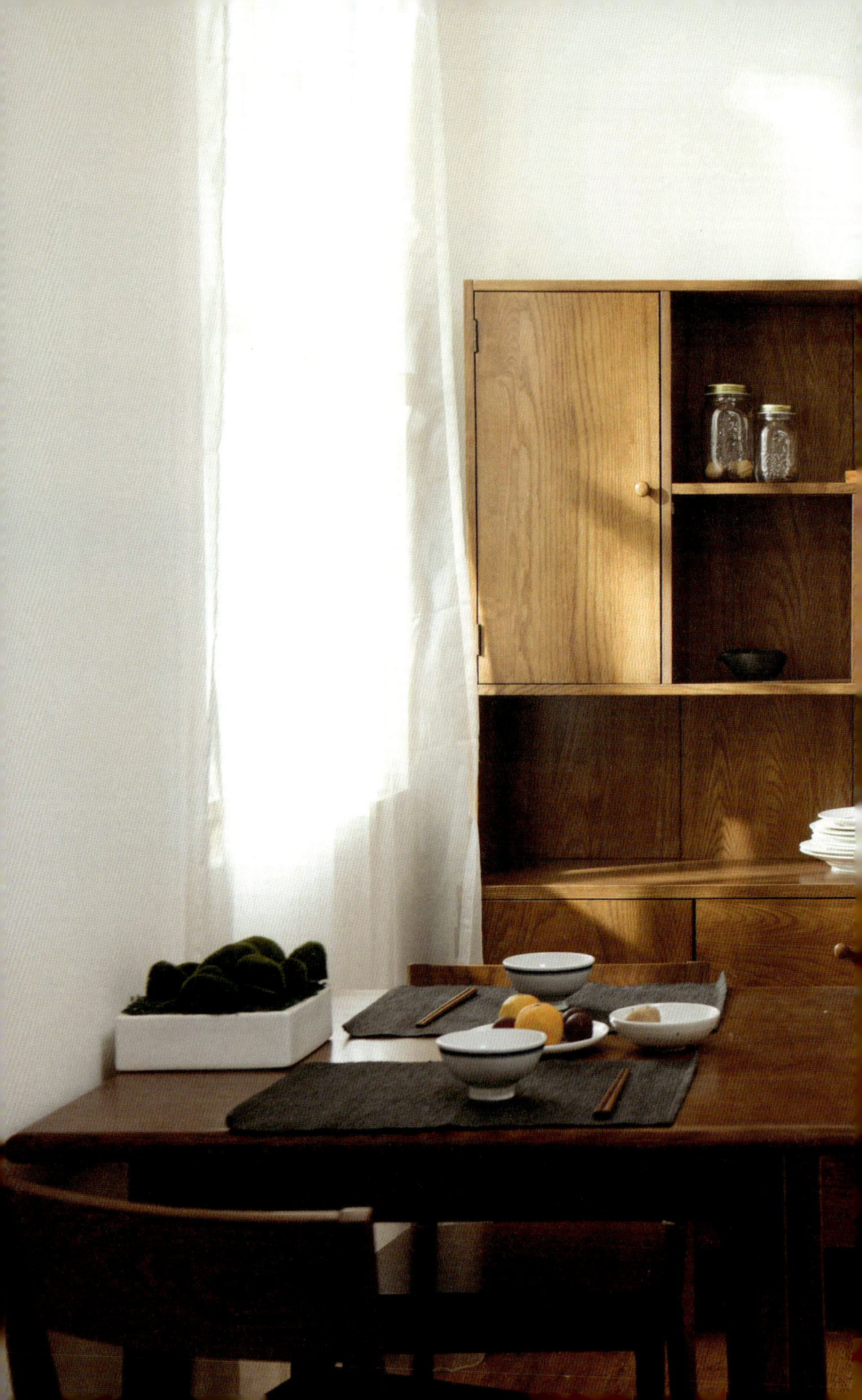

妈妈的碗橱

这种表达可以是有型的,像我们常见的绘画、摄影、雕塑……而对于我们的内心,更像是对于多维的世界,所做出的一种主观性的反映。

还记得儿时的厨房,那是我未经允许不能轻易踏入的"禁区",尤其是挂着一层布帘儿的碗橱,更不能随便掀开。因为我知道,只有当我做了什么值得表扬的事儿,妈妈才会变戏法一样从碗橱里取出独属于我的奖励,那惊喜或许是一块绿豆糕,或是一根大麻花,于是我童年的全部快乐和期盼都藏在了那层神秘布帘儿的后面。如今再没有人用帘子来遮挡碗橱,可是我探求的记忆还在。我曾无数次幻想忽然吹来一阵风将那帘子在我眼前掀开,就像长大后,我依然对门帘背后的景象充满好奇,这万般澎湃的觊觎,应该是源于对童年快乐的企盼。

妈妈的碗橱永远深藏着她质朴的爱,以及关于我一去不复返的轻松纯真的日子。

在我们的记忆里面,一直惦念着这些熟悉的东西,也努力地利用记忆里储存的知识,去理解那些貌似不熟悉的东西。

"过去"被赋予了一种使命,它代表着一种逻辑性与真实性,它将各种记忆、实践和知识的形成过程联系在一起,为我们呈现出人与物之间,物质与非物质产品之间的转换的规律。它也许以另一种纯粹的方式存活在我们的日常生活中,并且不断延续着,但却很少被我们察觉。我至今依然不断自问:如果有可能,再回到小时候的那个厨房,我是否还能看到那个挂着布帘的碗橱,我再也不用踩着凳子去看看碗橱里面藏着什么了,但我还是

妈妈的碗橱特写

想吃碗橱里的那根大麻花……

"要是发明一种办法，能把记忆像香水一样装在瓶子里多好！这样，记忆就永不褪色，常年新鲜。什么时候需要，只要随时打开瓶子，你就仿佛又回过头去重新体验那一刻。"看达芙妮·杜穆里埃的《蝴蝶梦》的时候，看到了这句话。

我们始终保存着对自己生活的各个时期的记忆，也许是因为一个熟悉的器物，也许是因为一个空间，甚至因为一种气味，这些记忆就会瞬间再现。通过记忆，我们在内心中建立了一种连续的关系。但正是因为这些记忆是一种再现，在我们生活的不同时期，这些记忆依次不断地卷入到各种的历史和社会关系当中，也正是因为这样，记忆已经失去了曾经拥有的形式和外表。

清晨的书桌

他物即此物

"所有物品、地点、面孔,正因为它们是我们的一部分,所以也就强化了我们的孤独,而且我们还得被迫喜欢它们,因为它们没有别的继承者。它们在我们身上退化,我们也在它们身上退化;它们在我们周围制造出日常性的光学幻觉。它们充其量也只能像镜子那样,将我们生活的对称性颠倒过来。"波德里亚依然纠缠在对当代场景中主体与客体之间新型关系的后现代主义理论之中。

而当下此时的我,在所在的此地,与周遭的器物构成了日常生活的完整的现实。日常生活是人们所理解的现实,是一个具有主观意义的规整的世界。彼得·伯格是这样认为的,我们所说的现实,其实就是社会中的普通人通过常识就可以感受到的客观存在的事物或事实。

我们认识的对象就是事物,事物是世界上人的行为或思考的目标的全部,是一切可以用时间和空间概念来描述的对象,而我们对周边一切的认知都是通过对事物的认识来完善的。事物可以拆分为事和物的两个层面,我们把与人的行为或思考有关的一切称之为事,事是伴随着人的产生而产生的,人的一切有意识、有目的、有计划地调节和支配自己行动的行为,都可以通过事来描述。就像我们面对的称之为生活的这件事，其实就是我们用来描述我们为了生存和发展，在特定的时间和地点进行各种活动的名称，也是我们通过约定俗成的方式赋予事的概念形式而已。

所谓的"即非世界，是名世界"就是这样。两根没有任何意义的木棍，被巧妙设计过以后，我们称它为筷子，我们用它来夹取食物，可如果我们用两根铅笔去夹取食物的话，那铅笔我们又该叫它什么呢？根据我们对物的特征的认知和总结，我们赋予了物一个名字，而这个名字又诠释着我们的行为，我们的事。于是就有了我们称为的生活，也有了在生活中被称为柴米油盐酱醋茶的物，而凝结在上面的所有的事，就构成了日子。

在不同的时间和地点，发生的不同的活动的相互比较之中，才有了好与坏，爱和恨，光明和黑暗，永恒和死亡，一切都在比较中存在，在比较中得以延续，这就构成了我们所说的事的变化。如此看来，事是以人的认识的概念化而存在的，而物则是人对认识后的概念化的载体，世界上存在的一切都是物。在人类没有出现的自然环境里，物已经存在了，这是我们所说的自然物，它们不因人的存在而存在的，却为人类认知世界提供了参照。自然物的存在呈现出了根本，也帮助我们通过观察这些自然物的变化，进而认识到事物的本身。物在自然界不断变化着，这就是我们说的现象，现象因为人的认识和描述而成了我们所说的事，人对事的认同与接受就成了实，这样就有了事实。

物体本质上是事物的具体存在和表现形式，人与事与人物与事物相互依存相互联系，保持着不可分割的相互关系，而一切的存在，都建立在存在物的基础之上，没有物的存在，就没有全部的所有存在的一切。

自然环境里的自然物是这样，我们依靠对自然界和物的感知认识而创造的人造物也是一样的。就这样，日常生活在过去发生的事件而形成的规律中被组织起来，并且在特定的时间和地点下，构成了我们日常生活的现实，而这一切呈现给我们的东西，构成了我们认知中的实在之物——器物，也用这个方式构造一个凝聚性结构的社会象征意义体系。

对于我们而言，器物任何的一个微小细节，就足可以轻而易举地揭开我们记忆的大幕。随着大幕的开合，我们在记忆和现实的不同世界之间切换着。大幕拉开，我们被记忆拉扯进了另一个世界，这个世界是完全按我们自己的意愿建立的秩序和意义。这些秩序和意义和我们的日常生活可能有很多联系，也有可能没任何联系，我们可以抛掉限制我们思维的事，从任意一个空间和时间开始，按自己的意愿来彻底打乱它们原有的秩序，根据自己的想象抽取细节，或者利用全部，随意组合。这时候，现实变得虚无飘渺，器物也变得愈发不真实，转化成了我们最想看到的影像。

记忆中的形象往往是需要一个特定的物而使其被具体化，也需要一个特定的时间使其被标注下来。器物为我们的记忆提供了最基本的外置逻辑，它可以作为最出色的传承过去的媒介。器物不仅可以在日常生活中建立某种具有抽象意义的象征，而且可以把这些象征作为客观、真实的元素带回日常生活。如此一来，作为人造物，既可以为它们的制造者所用，也可以为其他人所用。基于使用，我们才能感到制造者对器物赋予的情感和期望，才能感受到器物的真正意义。

我们的一切基于器物的想象，在片刻的恍惚中，又被器物拉了回来。大幕闭合了，我们又回到了现实的世界，但却会感觉到，在醒来的时候所看到的现实世界跟记忆里的影像也是联系在一起的，而且密不可分。在记忆里面，另外一个世界也同时在并行着，即使我们面对了一个真实的世界。

面对器物和走进戏剧这两件事，有个非常相似之处，我们都会在与之相遇的时候，丧失自己，这种丧失使我们的意识被卷入一个黑暗的漩涡，在这黑色漩涡里，我们才能忘却日常生活的倦怠，全心邀游于一个陌生又熟悉的世界。

器物归根结底是我们与这个世界相互感知的媒介，就像约翰·彼得斯在那本《奇云：媒介即存有》书里写到的那样："媒介并不仅仅是各种信息终端，它们同时也是各种代理物，代表着各种秩序。这些媒介传送的讯息既体现我们人类的各种行为，也体现我们与生态体系以及经济体系之间的关系。"

器物在提供解释和构建叙述的过程中，解构着社会的很多现象，也是我们理解社会与文化的关键所在。

纪念是纪念的本身

"每样微不足道的东西，都会有价值，有意义：售票员的钱包、车窗上方的广告，还有那独特的震荡晃动，每一样东西都会因岁月久远而变得高贵，变得合理。"

这是几年前，一本纳博科夫短篇小说《柏林导游》里面的一段话。

俄罗斯流亡作家弗拉基米尔·纳博科夫在 1925 年写下了这个短篇。他一边描写着在柏林看到的各式各样的事物，包括各式建筑、路边等待铺设的下水管道、人行道边挤满待售的圣诞树、有轨电车以及售票员戴着露指黑手套的灵巧粗糙的手指……一边通过回忆，比对着他十八年前逃离的圣彼得堡的日子，那里的马车夫控制着四匹马的速度，咯噔咯噔地碾过石子路，旁边的小伙计惊天动地地吹一阵喇叭。这是一部关于时间和记忆的小说，是对城市的大小要素的细微观察和思考，而这些要素恰恰共同构成了我们所说的回忆。

很喜欢他说的那段话："作为作家，就要像日常事物将在未来年代的善意之镜中呈现出来的那样，去描绘日常事物，"就是说在将来的遥远时日里，"我们平淡的日常生活中的每一件小事，都将让人觉得从一开始就是挑选出来的，而且像是节日里的

有轨电车

事情一样。"

像纳博科夫一样，每个人从一个自己熟知的环境进入到新的环境的时候，都会通过记忆和经验，将自己的过去与自己所属的社会群体的过去，来与新环境进行着各种的感知、比对、诠释判断，从而在特定的集体或社会框架中，来完成自我的新的社会身份认证。

因为人在一定的社会系统中，会逐渐形成与一定社会地位相关联的符合社会要求的一套个人行为模式，这行为模式就是人的社会角色或者是社会身份。而当人从原有的社会系统进入到一个新的系统的时候，许多东西像建筑、周遭景色、小饭馆儿里的情景、声响、气味和触觉印象，等等，这些涉及记忆结构的客观方面发生了变化，相应的，构成了记忆结构的主观方面的生活导向、意愿和希望也产生了变化，导致原来身份的校准模型也出现了变化。这一切，足以让一个人在自己的记忆和经验里，开始重新确认自己的身份了。

个体在社会群体中被赋予了身份。导致个体记忆一定会具有或者说是需要社会的框架，它往往会受到社会背景的制约和促进。所以哈布瓦赫认为，记忆是身份认知的核心，而身份是在特定的集体或社会框架中形成和变化的。

当年，我离开哈尔滨到北京求学的时候，就是这样，努力地通过在哈尔滨的所有记忆和回忆，反复地做着这样的认证。毕竟，一个生活了13年的城市所留给我的记忆和经验，已经在某种程度上，将我的身份固化了。那遍布街巷的欧式建筑，那熙熙

哈尔滨索菲亚教堂

攘攘的松花江畔，那索菲亚教堂旁热热闹闹的商贩，那孔庙半月池前永远打不开的山门，和硬朗的江风里，二人转夹杂着莫斯科郊外的晚上的桃花巷，在我来到北京后，这些记忆中的参照物在我身边完全消失了。

它们变成了我的回忆，变成了我反复确认我的个人身份的参照物。想必，每个从自己熟悉的城市，进入陌生的城市的人，都会这样吧。这个时候，回忆变成了打开记忆的一把钥匙，帮助我们穿过熟悉的空间，去打开一个个陌生的门。

陌生的模样永远都不是那么的具象，这恰恰需要我们记忆中，固有的不可更改或不容置疑的回忆形象和储存的知识来帮助完成的。这时候，记忆就变成了在时间和空间上的坐标系，以及把特定的人和事，以特定的方式在头脑中再现的源头和动机。

估计每个刚到哈尔滨的人，都会在自己的记忆里，努力地寻找所有关于中国城市的各种特征，来和这座城市做比对。但结果也许会更加令人迷失，因为它和中国的其他城市有着太多的不同，仅仅从环境而言，你就会发现，它更像你在欧洲才能遇到的那种城市。在中央大街的某个角落，偶一抬头，便能找到在巴黎那个街角的模样。

这可能和哈尔滨有别于其他城市的历史有关，1898年中东铁路的修筑和1917年俄国十月革命，大批俄国侨民的涌入，这个当年叫阿勒锦的小渔村也逐渐地繁华起来。作为中东铁路的中点，大批其他国家的人定居在这里。当时的哈尔滨有19个使领馆，各个国家的追梦人都蜂拥而至，来到这里，这也使当年的小

哈尔滨教育书店

马迭尔宾馆

渔村迅速完成了到现代大城市的过渡。

这座在松花江和中东铁路交会而成的黑白之城,其实是迁徙者和闯入者凭借着自己的记忆,为自己新的梦而构筑的乌托邦。从某种意义上而言,这里的一切正是他们对自己原生文化环境的一种纪念和怀念,这种纪念和怀念通过建筑、文化、仪式、生活方式等各种的方式表达着,也正是这种表达,才让他们完成了各自原有社会身份的表达和新社会身份的认证。同时,也有意无意地造就了个性生存、文化共生的哈尔滨近代多元的移民文化。

在这里,原有的社会身份被逐渐消隐掉了,新的社会身份在碰撞、认同和妥协中,逐渐形成,从而构成了一个新的社会结构和秩序。

哈尔滨中央大街的商铺

　　就像彼得·伯格和托马斯·卢克曼在《现实的社会构建》中写的，个人记忆经验和社会经验都可以被客观化，并被保存和积累下来，通过这种积累，一个社会知识库就形成了，它代代相传，被日常生活中的个人所继承。所以，我们个人的个体记忆，是要完全依赖社会的集体记忆而形成。人类不断地进化和发展，共同的生活形成了总体经验，这些经验沉积下来，融合并构建了一个共同的知识库，凝结为记忆中可识别与可记忆的实体，同时，也构建了一个具有象征意义体系的社会框架，正是这种框架，才使得我们的全部感知和记忆在经验、期待和行为空间下，具有了某种特有的形式。

一切的存在，都作为一种象征，也作为一种隐喻，努力地诠释着这些形式。

文艺复兴式的哈尔滨少年宫、中世纪寨堡式的和平宾馆一号楼、巴洛克式的教育书店、新艺术运动的马迭尔宾馆、装饰艺术运动的国际饭店、折中主义的哈尔滨铁路文化宫、拜占庭式的索菲亚教堂、俄罗斯式的江上俱乐部、苏联社会主义民主式的哈尔滨工业大学主楼、犹太新会堂、日本式日本使领馆，以及包裹在其间的中式传统风格的道台府和文庙，所有的建筑都变成了寄托回忆的纪念碑，这些纪念碑虽然高大挺拔，却永远指向着两个方向，一个是那不知何时才能回去的故乡，一个是前方一片模糊、清晰不起来的路。

犹太教的教徒随身带着个香料盒，按犹太教的规矩，那个香料盒必须是当地典型建筑的形象，这样在四处漂泊的时候，始终有一个熟悉的形象、熟悉的味道陪伴着。而从世界各地来到哈尔滨的这些人，似乎也做着相似的事，只不过，他们是完全坚定自信地建起了房子，做起了自己最习惯的味道的食物。这一切，也许是希望在那记忆中，寻找到些许的慰藉吧。

回忆一定是植根于被唤醒的空间的。无论是物理空间的城市、村落、房屋，还是心理空间的个体认知、情感状态和意志倾向，它们构成了回忆的不同的空间框架。即使当它们或者说尤其是当它们消失或不在场时，便会被当作"故乡"在回忆里扎根。

那年寒假，坐着绿皮火车回到哈尔滨，走下来站在站台上，深深地吸一口气，虽然那冷得呛人的空气里依然是一股熟悉的硫

BREAD

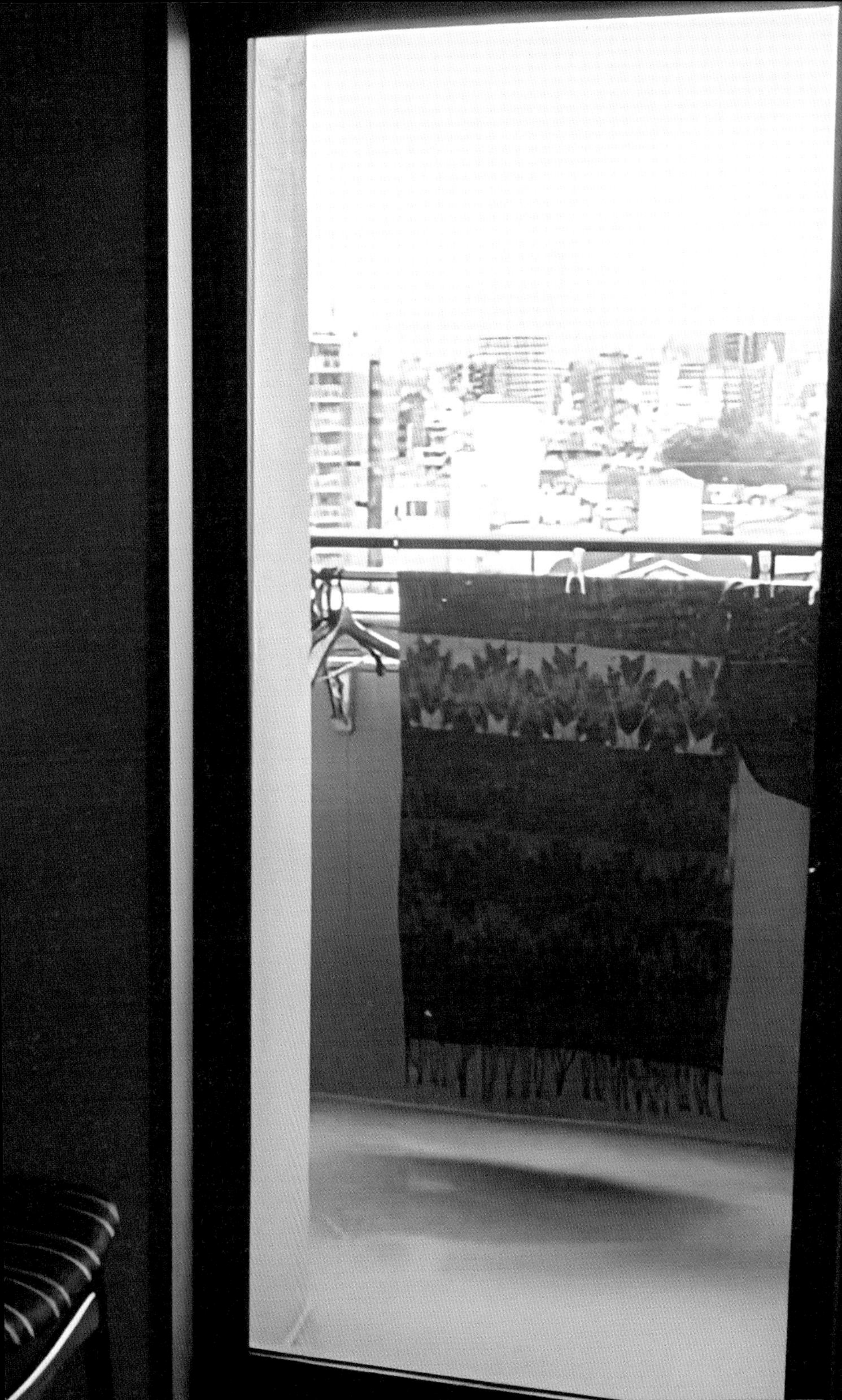

化物的味道，但我知道，这一定就是我从小长大的哈尔滨。城里来来往往的人，有的躲着路上的冰，转过街角，有的跟跟跄跄，躲进了路边的商场，便再也寻不见了。

哈尔滨的冬天依然还是那样没有变化，周边被白雪覆盖的一切，和被撒了融雪剂后黑黑的路……在这黑白之间，便是每个忙忙碌碌的人，被白色的雪映衬着，被黑色的路消隐着。

框架与修复

生活中的所有的"存在",都会随着时间的推移,在我们的记忆里模糊起来,当记忆的影像在我们眼前出现,是什么让我们得以感动?曾经的"存在"一定会让我们想起些什么。记忆不是记录,不会像影像这样如实地记录着"存在",很多时候,它会让我们再识那些熟悉的印记。

恍惚间,搁架上那只从赫尔辛基带回来的 Iittala 的玻璃小鸟,已经和我们一起七年多了。每次看到阳光穿过它那胖嘟嘟的身子,照在搁架上,都会让我们想起那与它相遇的那个片段。

与它相遇,是在赫尔辛基设计博物馆对面小街里的一个 vantage 小店里。它躲在一个放着一堆杂物的老的玻璃展示柜里,根本没想被我们发现。是北欧那晦涩的阳光,穿过这个黄色的玻璃小鸟,照在了旧旧的木地板上,映出了亮黄色的小鸟的影子,才让我们循迹而上,发现了那只小鸟。

那阳光穿过的暖暖的黄色的光,纯净透亮之中,闪现着别样的情致,像极了大雪过后的清晨,朝阳照在雪地上,反射出来的那个颜色。这也是印证了初到芬兰的我们对芬兰的印象吧,沉静的湖面、氤氲的薄雾、沁人的空气,以及阳光透过雾霭,笼罩着的厚厚的安静的雪。

每次到赫尔辛基，都会跑去 Iittala 的店里，趴在玻璃柜台上，仔细地看着里面每只玻璃小鸟。那一刻，总会想起小时候在马路边上看到的简陋的冰灯，想起那年在雪后的松花江边，那几只蹦蹦跳跳觅食的小麻雀……

也许这也是我们迷恋 Iittala 的原因吧。那多彩的玻璃后面，其实映射了另一个世界。那个世界里，有我们的记忆，有我们的回忆，有我们被瞬间抽离出来的关于这一切的影像。

所有的影像，在时间的河流里，总是稍纵即逝。在这个时刻，现实影像世界与虚构想象世界之间的关联是极为薄弱的，甚至于近乎失去了关联。所以，我们总想捕捉生活中的美好一瞬，保存到未来某个时候，通过记忆的修复和重构，来完成再次的想念。于是，影像变成了我们看时间的钟，而钟表见证了时间的流逝，记录了曾经的"存在"。

赫尔辛基的 Iittala 店

小时候，每次过生日的时候，都会被带到照相馆，去记录下这貌似必须记录下的影像。

小心翼翼地走过一段黑黢黢的通道，来到摄影棚里，灯光亮起，幕布放下，一种站在舞台当中的紧张，瞬间冒了出来。摄影师站在硕大的相机后面，指挥着表情和身姿的变化，然后钻进相机后面的黑布里，咔嚓，瞬间的一片空白，那一刻被记录了下来。

就这样，那些黑白的相片，简单地记录下了当时的影像，变成了我们某种意义上的纪念。

与其说是简单，不如说是一种简洁、纯粹。它们去掉了色彩，剥离了色彩的复杂性和干扰因素，使得我们更容易专注于影像所带给我们的情感和情绪。在光与影的边缘，离散的颗粒形成了分不清的界限，那种模糊，是现在的数码相机不能比拟的。就像石振宇老师曾经的描述那样："……再高的像素颜色的交界处也是锯齿状的，泾渭分明！是边界！这是与人不友好的。因为人是模糊的，说不清的，是边缘而不是边界……快乐时还有一丝淡淡的悲哀，悲哀时却又有一丝丝的喜悦和希望……"记忆中的生活，大概都是如此吧。

人类的记忆是对过去事件的个人重构。我们的记忆可能是有选择性的，也可能随时间而改变。这意味着个人记忆中的"过去"可能与实际发生的事实有所不同。

因为，记忆不是被动地存储在大脑中的数据，而是在回忆的过程中被重新构建的。当我们试图记住某个事件时，大脑并不是简单地提取存储的信息，而是根据现有的线索和信息重新构建这

赫尔辛基的 littala 小鸟

个记忆。如果真的是这样,那生活的所有影像也应该像拼图碎片一样,等着记忆来拼配、组合。

是的,在影像里的那些存在,就是我们曾经的生活,也许轰轰烈烈,也许支离破碎,普通到都不会在意,任由其消逝的生活。影像里记录的那一瞬间的光与影,其实是时间啊,当我们再次看到那时,意识会让我们透过记忆,修复、重构属于那时的"我"的故事,但令人触动的真的是故事么?还是我们在这些影像里,看到了那看不见的、瞬间流走时间,对消逝的一种悼念?

人类对世界的理解,往往是倾向于通过符号和象征来完成的。而影像作为一种符号,承载着特定的意义和信息。这些意义和信息不仅受到个人经验和文化背景的影响,也受到社会共识和语言的框架的约束。每个人的生活经历、文化背景和当前的情感状态都是独一无二的，这些因素共同影响了我们如何理解和感受周围的世界，也塑造了我们对影像和现实关系的理解框架，而每个人特有的独特的经历和感受，也影响着我们对影像的理解和反应。

就像梅洛·庞蒂所说的那样："知觉机能本身有分析、构成意义的能力。感知到的内容不是单纯感觉、不是纯物体本身，生活世界提供了某种情境，情境引发行动，而行动中的身体主体在此条件下生成某种具有指向性的意义，投诸感知物体，从而获得了某种关系。"

儿时的照片，记录了那时所有的关于记忆的影像，那个时代特有的穿着打扮，那个时期特有的肢体动作，记忆里冒出来的，不仅是那时无邪的童真和无忧的乐趣，还有那被这些牵扯出来的，关于那时候的所有影像。虽然，时光因为时间，遗忘了一些棱角，模糊了一些情节，却让一切变得更加温暖起来，这也许就是记忆的美吧！在一张定格的瞬间所构成的二维平面上的影像中，我们在搜索着影像中那些记忆里熟悉的信息，甚至是潜意识中的"存在"。当我们被这些影像打动的那一瞬间，打动我们的，也许就是那些因为熟悉而被搜寻出来的记忆，一定是这些让我们想起了什么吧。

时间和记忆之间，有着一种微妙的关系。记忆是"我"和时间的总和，却无法逃脱时间的消逝。记忆在与时间重识之时，重构了过去的"存在"。那片刻的影像，让留下来的那一瞬时光，成为我们记忆的一部分，那部分触碰时间的美。

显然，没有时间也就没有记忆。而记忆是一个过于复杂的概念，要界定出它给我们留下的所有印象，仅仅罗列它的各种特征是不够的。还好，我们还能用各种方法来留下它的影像，记忆是一个精神概念。比如，描述一个人的童年印象，可以肯定地说，我们手头有足够的资料勾勒出这个人最饱满的轮廓。丧失记忆，人就会成为幻想的囚徒——从时间中跌落，将无法把握和外在世界的联系，也就是说，他注定要发疯。

我们的记忆，个人的和共享的，造就了我们。记忆是我们发现过去的显微镜，也是我们关注未来的镜头。

昨天晚上，妻发给我一张她手机里的照片。那是我在德累斯顿生病时候，她做的一桌子饭菜，有她在楼下超市买回来的面包，有她用德国的猪肉炖的汤……

日常中的"我"

北方凉凉的风,推搡着摇摇欲坠的树叶,穿过暖暖的阳光,如期而至。北方的风和南方的是不同的,北方的更率真莽撞一些,风停了,话也就说完了,就算是紧跟着又一阵也定是因为突然又想起了些什么。

肆意的蝉鸣消失了,取而代之的是秋虫的呢喃;狗狗也开始从树荫下走出来,趴在阳光下,跟着光线的移动,一点一点地挪动着自己的小屁股。阳光好像在夏天乱砍而用钝了的刀,锋芒逐渐暗淡下来,一切都进入了一种状态,缓慢了下来,似乎在等待着什么。

许多这样的"状态"便构成了我们眼中的世界。

状态是物质在物理上的独特形式,是人或事物表现出来的形态。每一个"状态"是一条由众多事物组成的链条,它们处于确定的关系之中,这种关系就是这个"状态"的结构。每个在生活中的人,都与周边的事物形成了状态,而把每一个状态联结起来,就构成了整个生活的链条和逻辑。

年初,在温州遇到了一个"刘海戏金蟾"的旧花板,看样子应该是架子床上的一部分,估计是时代久远了吧,表面已经是黑乎乎、油腻腻的了。回家仔细地清理了一遍,才发现是个雕工还不错的物件，左边是刘海拿着铜钱串，右边是一朵盛开的牡丹，虽然有点磨损，却透着精致。

唯一美中不足的，是中间有一个卯孔。老想着找个办法弥补一下，思前想后，索性在卯的内部打个孔，打磨成了一个香插。当年的架子床上的一个小花板，便在这时间和空间的变换中，完成了的转换，成了我日常生活的一部分。

所有的事物都是这样，终将会在时间概念和空间概念的交错之间，不断转换着。虽然，时间和空间是我们主观逻辑上的概念。如果突破现实维度的限制，空间也不是一成不变的，而只是我们很难察觉它的微小变化，空间在时间的变化下呈现着变化的样子，而时间也随着空间的消生，头也不回地往前走着，事物就这样处身其中，不断地经历着生成、存在、发展、消亡……在时间和空间互相转化的临界点上，形成了独特的、应有的形式，在这个形成的过程中，也与时间和空间产生了解不开的关系。

我们活着总是会与周遭产生各种各样的关系，比如和另一个人或一群人，比如和自然，和器物，和赞美与诋毁，和生老病死相聚别离。即便死去，我们依然在和周遭发生着"身后"或"世后"的各种各样的关系。这些关系在我们周遭形成了繁复又庞大的网，我们或者活在网中间，或者某个不起眼的角落。这便是现实，便是日常。

生活在日常，日常中便处处有了"我"。

无论是否愿意，每天都要无数次地遇见"我"自己，不同时期的，不同年龄的，快乐的或是悲伤的，独自一人或是有

日用生活器物

人相伴。我随便到处晃悠着,在看似偶然,却又必然中,遇到"我"。

那些无数次照见的我,便是在那从早晨到傍晚,伴随着我们形形色色的生活的日用器物上面,它像面镜子,让我从中看见了最熟悉的"我"。

那种熟悉,是从时间里、生活里、经常的接触中所产生的亲密的感觉。我以前一定与它们有过切实的相遇,并在内心与之有过对话。这个"以前",也许就是刚才,也可能是一年前,或者已经过去了很久,记不起来了。而它们也许就是那个五年来相伴左右的杯子,也许就是一个藤条编织的筐,也许就是爸爸原来用过的那支钢笔。无论是什么,有一点毫无疑问,它们将我心底里可以称作灵魂的那部分,深深触动了。

器物本应该是没有生命的,本不会触动人。需要的时候,我们拿出来用一下,用完了,又将它们放回原处。每天在它们中间生活,它们便是有用的了,仅此而已。然而它们居然触动了我,让我在它们面前踌躇,仿佛它们是有生命、有故事的一个人。每次回望都是来自最深刻的回忆中的熟悉。

很多时候,回忆是根据所处的环境和场景,对原有记忆的二次加工过程。在不同的环境下,不同的场景下,甚至不同的心情下,它并不总是可以准确地再现记忆,而是有意或者无意的,自然而然地依据某些记忆的内容产生联想。记忆的提取,不仅仅是一个简单的复制的过程,而是一个基于不同的思维方式和不同的文化背景,重新构建的过程。

也许是一件旧物，便记起旧光阴中的那段一件往事，便记起旧光阴中的那一句乡音……任何一段时间内，我们所觉察到的事情都会成为我们记忆的一部分，正是无数个这样的瞬间的再现，让回忆成为我们生命中最熟悉，也是最神秘的一种体验。记忆是我们对经历过的，代表着一个人对过去活动、感受、经验的印象累积，而回忆则是我们再次面对过去见过的事物，仍能确认和辨认出来，甚至产生联想的过程。

日用器物映照出了所有的世相。呈现出了个体在与环境不断地相互作用中的一种建构过程，一切事物都以某种形式存在，同时我们也必须通过事物的形式来感知其存在和内在信息。这种感知过程，是一种无人触及的玄妙，唯他自知的情分，朴素踏实的温暖。

一如至上派的马列维奇所言，客观世界的视觉现象本身是无意义的；重要的是感情，是与唤起这种感情的环境无关的感情本身。所谓感情在有意识的头脑中的"物质化"，实际上意味着感情穿过某种现实主义概念的媒介后，其映像的物质化。

已的未来
第四章　过去的未来

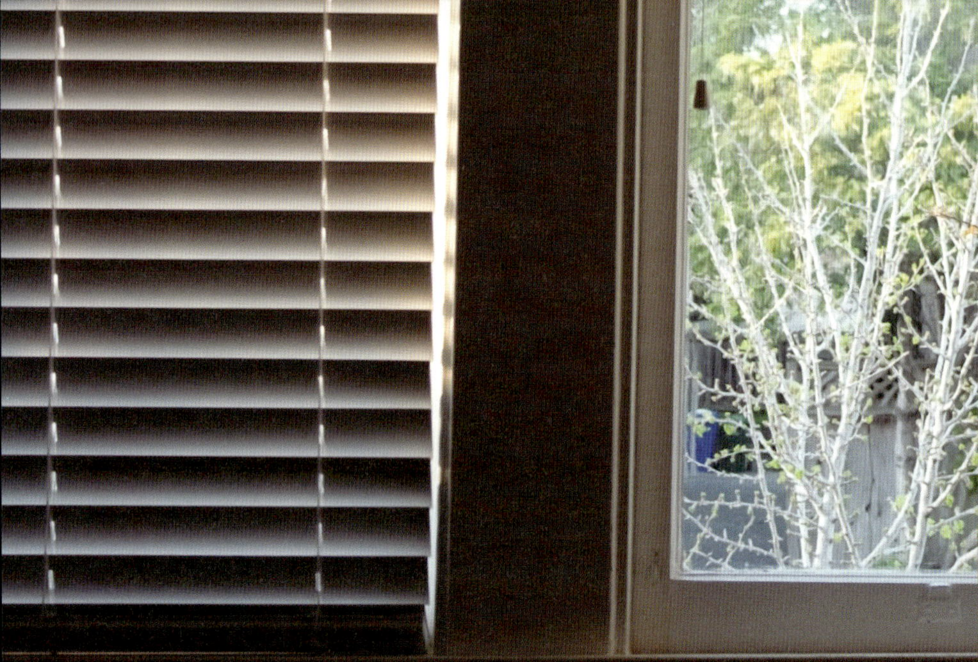

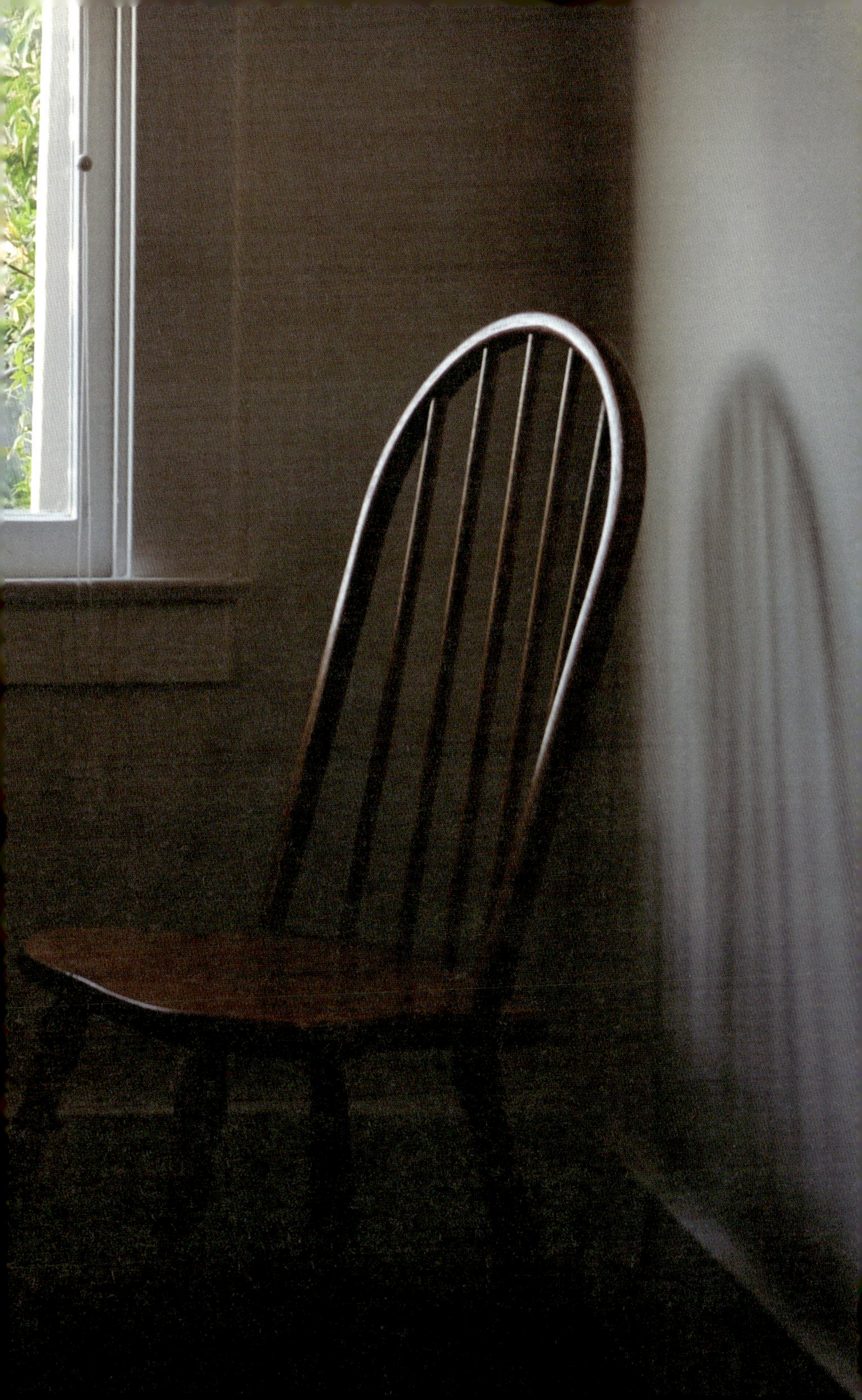

每一个当下，都来自过去；每一个当下，都决定着未来。我们始终沉浸于过去的记忆与未来的憧憬的纠葛之中，在过去映照出的未来的水面上，漂泊在时间之河的两岸。过去和未来，是时间的两个极端，一个是我们已经度过的岁月，一个是尚未来临的时光。

貌似虚无的过去，是看不见的时间所留下的记忆。而岁月，便是让这一切清晰起来的时间的刻度。虽然，这刻度深深浅浅，斑斑驳驳，但却通过日夜更替、四季轮回不断地推进，记录下了人类在漫长的发展演进过程中，基于各种实际问题的考量，而自主产生的行为与结果。

我们现在的供暖系统，依然能看见当年古罗马贵族家里，在墙壁里埋设的，能够向整座房屋持续均匀散发热气的管道的样子；而我们现在穿的凉鞋，还留着古希腊人制作的皮凉鞋克莱佩斯（krepis）的影子；甚至，我们现在所用的还是那把在公元前1400年美索不达米亚平原出现的用来遮阳的伞。

这是一个隐藏着最司空见惯，最容易被忽视的，由无数事物构成的微妙而复杂的世界。每一个物件、每一个动作都承载着特定的故事、文化与历史意义。一个茶杯、一把椅子、一次会面，看似简单的事物和行为背后，是人类复杂的情感和思想的交汇，这种交汇不仅是我们的认知世界的基础，也让我们体会到平凡日常重复的实质，以及它的边界与美感。

在老祖宗的过去日子里，还是能让我们看见，公元前3500年出现在苏美尔王宫的象牙和石头做的枕头的样子。而如果古罗马人在公元前 400 年前，没有率先将玻璃制成适合做窗户的平板，我们现在是否还会有那遮风挡雨的窗户？还好，我们还有腓尼基人在公元前 600 年前，用山羊油和木灰混合成的肥皂；还有公元前 2000 年前，古巴比伦人制造出的第一台"空调"。

一代一代的人，不断用器物丰满着自己的日子，也用器物传递着他们对这个世界的认知和理解的根本态度，标记了所有的他们曾经走过的和正在走的路。同时，器物也用它们的自身，描述着在多样的社会背景下的人类境况，并在每个境况中的社会背景中，它们在自己的结构中，构建了一种与我们共同的人性。

器物，是历史长河中的吉光片羽，更是那来自过去邈远又静寂的回声。那回声中，是时间的深度和情感的回响，是它窸窸窣窣地对人类讲述着关于人类的故事，用某种可能性和有限性的共同的人类生活形式，完成着它们与人类之间的一种强有力的连接。

作为与人共处而构成整个世界的器物，将我们与这个世界彼此联系了起来，它映射出了所有的过去，也让我们在它们的身上，看到了照映出的所有的未来。

过去是虚无的，因为过去似乎变得已经不能被触碰，不能被再现；而它又是实在的，因为过去在器物上留下了无形的痕迹，让我们看到了事物的形成和发展的规律，看到了一个完整的事物构建和发展的模型。过去也将各种记忆、实践和知识的形成过程联系在一起，让我们发现事物在公共社会背景下的形成过程，为我们的现在和未来，提供了想象的基础和模型。

而未来则是我们投射梦想的画布，是我们对过去和现在的理解所构建的一种期待和想象。我们置身于过去的回音和未来的梦幻之中，思考着那些在岁月中深深刻印在我们记忆深处的痕迹。而在这两者之间，是时间的流转，是我们个体和社会在变换的空间中的不断变迁。

那如同一条无形的河流的时间，流逝中不仅仅携带着物质的变迁，更承载着记忆与历史的重量。在这条河流中，每一个波纹，每一次涟漪，都是过去在现实中的延伸，是看不见的时间所留下的痕迹。时间，使得过去看似变得虚无，许多事件和记忆随着时间的流逝而变得模糊不清。

也许，在某年、某月的某一天，时间重回到某种生活的时候，这一切，终将会隐退至器物的背后，让我们看到一些不为人知的角落，看到一个没被提起的现状，因为这里存在着更真实的世界。

一切过往皆为序章

过去很短，短到打出这个"过"字的时候，已经意味着是过去了。过去也很长，长到超出了我们可以描述和记录的历史。同样，未来也是一样，不可逆转的时间，每一刻都在不断地向前推移，转瞬即逝。过去的一秒，是过去，现在的一秒是现在，而下一秒就是未来。

存在主义认为，时间不是线性的，而是存在着一种循环、重复和不确定性。因此，过去不仅仅是过去，而是与现在和未来紧密相连的。在这个意义上，过去可以被理解为现在和未来的序章，因为它每时每刻都在构建和影响着我们的存在。

而我们就在这序章里，一次次地返回、重温、排练、重复着……

小时候，总觉得手电筒是个特别神奇的东西。晚上偷偷摸摸地把它掖在衣服里，带出家，找个没有路灯的马路牙子坐下，冲着天空打开它，就会有一根直直的光柱，从手边出现。顺着那个光柱一直往上看，那个光柱会逐渐地消失在夜空中。那个光柱，把黑暗的夜，瞬间切开了一个口子，那个口子里，割裂开了周边的黑暗，把我们白天所看到的一切，切割成了一个裹在了漂浮着灰尘里的片段。

老手电筒

或许，那个手电筒是童年对未知世界的真实性的一次试探吧，照亮的地方是对现实的认知，而黑暗的地带则是尚未理解的领域。那束光柱之下，让我获得了一种表象，一种局部的真实性，然而在黑暗中，真实性被我个人的感知边界所塑造，却变得那么的相对了。它赋予局部的真实，同时在黑暗中掩藏着未知的奥秘，这可能也是小时候对手电筒痴迷的真正原因吧！我们的感知如同手电筒的那束光柱，只能照亮有限的区域，照亮的区域，是我们对世界的选择，而黑暗的角落，则成为无数未知的遗忘之地，而超越这一光辉的领域则是沉寂和谜团的彼方。

那时候，只要有蛐蛐的叫声，就是把手电筒从家里拿出来的最好的理由。于是，邻居家的小煤棚、墙角的缝隙里，还有草棵里，手电筒像一个小火炬，照着我们前面的路，指引着我们的搜寻方向，其实照亮的更是我们童年里，那微弱的、不足以道来的，却念念不忘的那些快乐。

手电筒最初是人们为了移动照明而发明的工具，灵感应该是来自原始时代的人类使用的火把吧。那时候为了狩猎，在木棍的一端绑上一些容易燃烧的枯藤烂叶，在火上面点燃，制作出简易的火把，这样就可以作为在夜晚的照明工具以便人们寻找猎物了，后来人类学会了钻木取火，火把的使用就更加方便重要了。不仅仅是用来移动照明，还被用来防御野兽夜晚的突然攻击。

于是，这个移动照明的概念在人类的进化过程中，随着材料和使用方式的变化，不断演进着。毕竟，这一束微弱的光，在无知和恐惧的黑暗中创造了一小片安全的领域，使我们有了穿越黑暗的边界,将无知的领域一一揭示的勇气。

在某种程度上,所有发生过的都只是对即将发生的一切的酝酿。

从那个为了保证在户外出行时,油灯不被风吹灭,人们在上面加了一个纸糊的罩子,制作出的灯笼。到公元前3世纪左右,人们聪明地将脂肪和蜜蜡这二者结合,涂在火把上,得到了一种蜡烛的雏形。到了1358年的英国伦敦,人们开始用蜂蜡为基础原料来制造蜡烛了,到1857年在英国的伦敦西北区的人们用石蜡生产蜡烛开始出现,并迅速普及。

移动性是人类体验的一个决定性特征。为了这一束可以移动的光,人们不断探索着、研究着。因为这一束微弱的光,为我们在黑暗的角落中,照亮了更无限的值得照亮的未知世界,也让我们意识到了感知的局限性。

毕竟,移动性的照明改变了我们在黑暗中的存在方式,照亮了我们对现实的选择,同时也让我们意识到那黑暗中的那片无知之影。它让我们成了光的操纵者,虽然这个光,微弱、恍惚,却让我们在信念里,完成了对黑夜中的恐惧的驯化。我们迎来了一种真实性的表象,也迎来了我们与世界互动的新的形式。

1897年,一个移民到美国的白俄罗斯人休伯特,成立了"美国电动产品与制造公司",经营诸如手持式风扇、口袋灯等电动小玩意。1903年休伯特取得"手电筒"的美国发明专利,这是一个把灯泡、电池、开关组装在一个圆筒里面的便携式的照明工具,就是今天我们在用的手电筒的原型了。

老马灯

现在，手电筒已经更多地出现在野外露营那些更专业的地方了，取而代之的是我们手机上的那个照明的功能了，虽然，那个按键上，还是显示着一个手电筒的图标，但也足以让我们想起当时那些使用手电筒的情景吧。

最开始在手机上用照明功能，只是觉得很方便。不过，有几次也在问自己，为什么手机要加个这样的照明功能呢？仅仅是为了方便？还是希望通过这个功能，建立某种连结？也许，这个小小的功能，成为了对真实性和表象之间微妙联系的象征，时常提醒着我们，手电筒不仅是一种物品，更是人类对现实本质进行不懈追问和深度思考的产物。如果是这样的逻辑，那手机增加的这个功能，是不是也是为了对火焰所象征着的智慧和启示一种表达，和对人类对光明的渴望和探索的一种纪念呢？

这个火焰的确值得纪念，它是人们在黑暗中寻找方向的工具，也承载着人类对未知世界的勇敢探索，以及对光明的渴望和探索。

从过去最早出现的火把，到现在被手机照明功能取代的手电筒，这束微弱的足以瞬间熄灭的光，在黑暗的背景中形成了有限而明亮的存在，完成了人类对夜晚的一种回应，也唤醒了人类对未知领域的好奇心和对安全的渴望。也正是它，变成了人类探寻感知的极限，超越黑暗的界限的纽带。

个人和集体的历史、经验以及所经历的一切事件构成了过去，每个人、每件事、每个物的存在，又都是在历史和经验的背景下被塑造出来的。无论是过去，还是现在，移动照明的变化，在人类集体记忆和经验的不断积累和传递下,不断地探索着光明和黑暗的关系。在这个过程中,我们也逐渐认识到,手电筒不仅是技术进步的产物,更是人类对知识和真实的追求的象征,是对过去世代相传的记忆和经验的一种纪念和继承。

过去与现在,宛若两个不同的世界,却又在某种意义上息息相关。所有的现在,都像一面镜子,隐约显现着过去的模样。也许是过去的记忆,是过去的经验,或许是内心中永远描述不清楚的东西。

从前的回望

在巴黎的那段日子，最快乐的事情就是早上早早起来，赶到桥那边的面包房，去排队等着买新出炉的面包。那热乎乎的面包，飘着浓浓的麦香，让人实在忍不住带回家了，于是，总是在拿到手的第一刻，就迫不及待地掰下一块，放在嘴里了。

这种感觉真的很难以形容，脆脆的面包皮和软软面包芯所散发的麦香，和着早上河边的草香，两种味道在嘴里混合着……每每这个时候，我都会想起在德国作家雅各布《了不起的面包》中读过的那段："爸爸正在弯着腰切面包。面包的外皮泛着棕色的光泽，就像爸爸的鬓角一样；内里又十分白，就像爸爸平静的面庞。在灯光下，面包看起来还要更加温柔平和。看着那白面包和爸爸的手，一种安全感油然而生，这幅沉静、美好的画面仿佛会催眠，会让人痴迷。"

这就是面包存在的意义吧，温暖而且让人感到安全，这种温暖不仅是它的温度，更是那第一口带来的平静，和那种每天都能体会到所期待的味道，所带来的慰藉。而所谓的安全，不仅仅是那饱腹感，而是面包进到嘴里，头脑中闪过的那个念头，今天该体会的味道，终于又能体会到了。

当年，那些生活在新月沃土上，驯化野生小麦的人们，无论

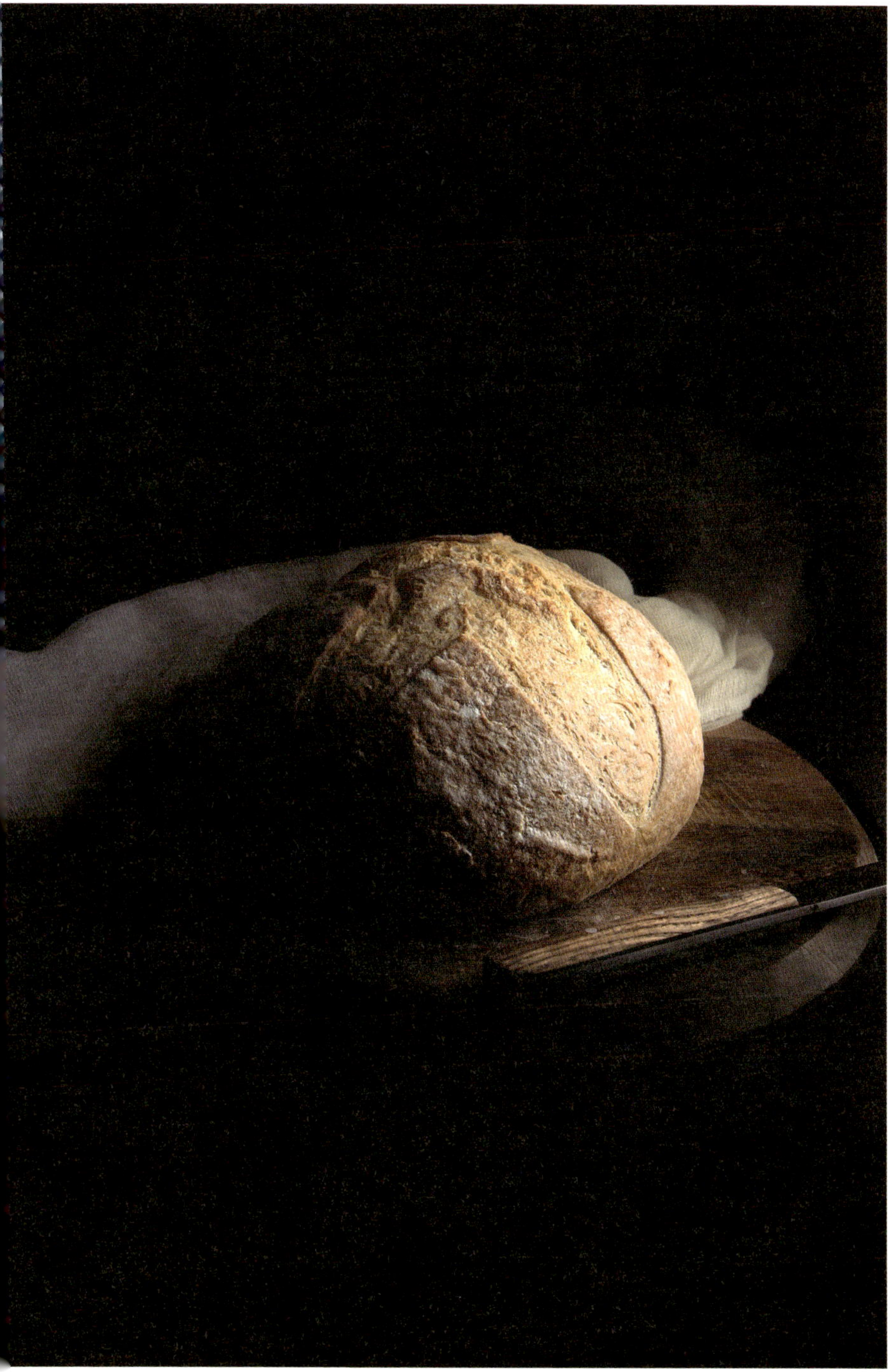

如何也不会想到，他们种植的小麦，在 8000 多年后依然是人类主要的食物。估计他们更没有想到，这种植物，不仅是食物的来源，也在多个文明中扮演了重要的角色。

那时，美索不达米亚平原的人们，把去了壳儿的小麦压成粉状，再加水和成面团，放在石板上煎烤出了香香的面饼。那一次，他们看到了奇迹，也体会到了驯化麦子的快乐。不过这时候的面饼，口感并不怎么好，但已经足够充饥果腹了。

还好，烘烤的麦香的确诱人，诱人得让人无法割舍。一次偶然的机会，放置在外面的面团附着了野生酵母菌，使面团开始发酵。这个现在被看作很普通的现象，当时却被古埃及人视为是神赐予他们的礼物，他们将这个象征生命的起源的面团，恭恭敬敬地放到了火上烘烤，就这样，第一个发酵型的面包就这样诞生了。

酵母不仅仅把一个小小的面团放大了，也将那迷人的麦香放大了，而且加入酵母酸味的麦香，变得更让人陶醉了。

古埃及人作为最早做出面包的人，已经可以以面包为主食了。这在当时可以说是非常优越的，因为同时期的欧洲人，食物可真是匮乏到可怜的地步。所以，当腓尼基人将面包技术传入了古希腊的时候，面包迅速成了划分阶层的工具。当时，贫穷的人只能够吃发酵不完全的黑面包，神职人员和贵族，才可以吃到口感和营养更好的白面包。

在当时的埃及，面包甚至还是计量单位与替代货币。在长达数百年的时间里，埃及人的各种工资，甚至包括官员俸禄都以面包形式发放。直到现在，我们检索"bread"这个单词的时候，还会发现它依然保留着这层意思，在作名词的时候，它意为"面包，或通过工作等挣得的钱财"。

就这样，在人类的发展过程中，麦子有了新的生命，被酵母膨胀起来的面团也有了新的使命，凝神细听，烤炉里一点一点膨起的面包，噼噼啪啪地也唱起了快乐的歌。逐渐地，面包成了人们离不开的日常主食，从它出现至今，面包不曾淡出人类的生活，而是愈发地有生命力。

每个过去，都有一个时间的背景。这背景里，隐藏着人类经历无数的变迁和沉淀所留下的丰富的文化遗产和历史痕迹，这包括事物产生的年代，制造的过程、所处的历史时期，以及可能的历史文化与事件对它的影响。而这一切，正像被那束光照进的镜子，映射出了现在，指引着未来。

在古埃及备受推崇的麦子，无论如何也没有想到，当它踏上另一条迁徙之路的时候，进入另一个世界的时候，却完全变成了另一种状态。

在"蒸谷为饭，烹谷为粥"的蒸煮食用方式为主的中国，小麦的食用在传入的很长的时间里，都是借用了当时的粒食传统，来进行蒸煮的。人们按照原来的经验和习惯，把小麦粒碾成碎粒后蒸煮食用，但却发现这种口感远不及已经很熟悉的稻米和小米的味道。

小麦刚传入中国时，古代先民其实是不知道该如何食用小麦的。这听起来很滑稽，可又确实是事实。中国有很多古代文献

面条

都记载小麦是一种"劣等"粮食，比如颜师古的《急就篇》说："麦饭豆羹，皆野人农夫之食耳。"翻译成现代话就是：用小麦蒸的饭，用大豆煮的粥，那都是穷人吃的。那么当时的上等人吃什么呢？吃小米或稻米蒸的饭。

还好，汉代的时候，在战国时期就已经发明出来的石磨盘，得到了推广，人们才逐渐接受和掌握了磨面粉以及面食加工做法。小麦开始被磨成面粉，做成面饼，进入到大家的食谱里。从此，古代文献中又造就了一个新词"饼"，这个词用来专指磨成面粉后加工成的食物。

事物，本质上是思想、材料和性能的复杂组合，当它们以不同的速度向不同的方向传播的时候，这种组合很容易受到所处的环境下的文化、思想的影响，改变着彼此的权重，而形成新的事物。

在西方，麦子经历了风车的磨砺和烤炉的洗礼，变成了形态各异的面包；在东方，它经蒸汽的抚慰，化作了朴素而圆润的馒头。这一东西方的不同处理方式，不仅仅是食物的制作方法，更是各自文化哲学和生活态度的反映。而两者之间的差异，不仅体现在形态和味道上，更深层地反映了东西方对于生活哲学的不同解读。

早期的食物加工，都是被放在火上或者石板上烤熟的。美索不达米亚平原人民煎烤面饼的时候，他们用的就是石板。这时候的面团，顺理成章地就成了面饼。到了古埃及、古希腊，依然还是沿用这石板或铁器烤制，做成了各式各样的面包。而作为农耕社会的中国，很早就利用陶土制成的器物，建立了自己的蒸和煮的烹调系统，更适合制作蒸煮类食物。所以，面团到了我们手里，也会优先考虑蒸煮形式，比如做成面饼、馒头一类的食物。

在时间的长廊中，麦子的种子轻轻撒落，从尘土到星辰，它们旅行穿越了历史的疆界。这些微小的金黄颗粒不仅是滋养的源泉，还转化为文化的载体，见证了人类的文明。那一直飘着的麦香里，藏着我们永远不可割裂的过去，和我们看不见的消隐在背后的文化的连续与变迁。

那沿着伊朗高原走到新疆孔雀河畔的粟特人，已经再也寻不到踪迹了。但他们带过来的胡饼，却留了下来。也许是他们一起带来的胡麻太香了吧！胡麻油在石板上烘烤着面饼的麦香，加上那撒在上面的胡麻的香味，是粟特人在荒漠上负重前行的力量和慰藉，也是他们与沿途过往的人得以交流和沟通的工具。

胡饼的香味，和着粟特人的驼铃声，在空中四处飘荡着。它留在了新疆，变成了现在的馕，它也到过黄土高原，变成了石子烙馍，在中原地区，胡饼变得小了很多，就是现在的烧饼。

有时候，每一个片段都像是解开谜题的符号，散发着美丽的光辉。当我们穿越时光的长河，站在过去和现在的交汇处，感受着历史的流逝，也体味着生命的意义。

每一次对从前的回望，不仅仅是对过去的怀旧，更是一种对未来可能性的探索和思考。很多时候，过去的记忆和经验在我们的思想中铭刻着，而未来又借此在我们的理想中构筑着。虽然，未来的世界是一条不可知、不可预测的经验的河流，我们被驱动着去努力了解和理解着，好在，我们还有能看得见和看不见的过去。

法国应用科技博物馆的飞机模型

天上的风筝

春天的北京,是最适合放风筝的季节。虽然风还是那么的干涩,但窜过城市的每个角落,却也硬生生地摘下了冬天灰蒙蒙的面纱,让天空再次变得湛蓝而通透了。刚刚萌芽的柳枝,被风拂过,发出沙沙的声响,春日的阳光,透过这树梢洒在灰绿的草地上,形成斑驳的光影。

风筝的线,轻轻划开了眼前这一切,牵动着一只只五彩斑斓的风筝,在空中自由翱翔着。所有春天的色彩,都被它们复制到了天空上面。那一只只风筝,像鸟一样,在蔚蓝的背景下,完成着一场自由的舞蹈。

在蓝天下自由的飞翔,自古就是人类梦寐以求的。大约 6000 年前的古埃及,人们就用一些简单的工具,将木头或草做成了翅膀的形状,虽然这些翅膀的设计不够灵活,但也足以完成一些简单的飞行了。公元前 4 世纪,古希腊哲学家阿基米德也发明了一种模拟鸟翅膀的机器。而在古代中国,春秋末期的墨翟,"斫木为鹞,三年而成",也做成了那个后来被认为是世界上最早的重于空气的飞行器——风筝。

本质上,风筝的飞行原理和现代飞机已经非常相似了。风筝在空中受风,空气会分成上下流层,通过风筝下层的空气,受风筝面的阻挡，空气的流速减低，气压升高；上层的空气流通舒畅，流速增强，致使气压减低；这种气压差就是风筝能够上升的原因，这也是现代飞行器的基本原理。可以说，风筝对飞行器的发明非常重要，在某种意义上，风筝是气球和滑翔机的先驱。

虽然，这些原理是在多年以后，被我们用科学的理论解释了，但它们的出现，还是为后人提供了不可多得的经验。

被称为"空气动力学之父"的英国人乔治·凯利，就是这样。他沿着这条轨迹，不仅对鸟和风筝的飞行原理进行研究，也把中国战国时期就出现的一种竹蜻蜓的玩具，纳入了他的实验项目，设计出了几乎已具备现代飞机主要部件的飞行器草图，而后十年，他通过对流线型关系研究，成功地制造出第一架全尺寸滑翔机。

乔治·凯利所发明的稳定的固定机翼，奠定了现代飞机的基础。也让人类对航空原理初窥门径，兴奋的人们开始了对航空事业几近痴迷的研究，几乎全世界的知名科学家，都对飞行器研究产生了兴趣。于是，所有过去的经验、技术，都被翻了出来，各种组合、各种尝试，有做扑翼机的，有胳膊上挂着一对假翅膀，从自家楼顶跳了下去的，有研究水中起飞的，有研究雪橇飞行器的，还有人把滑翔机和热气球也结合了起来。

看来，材料和技术永远阻挡不了人们对美好梦想的追求，如果可以，一定会被人们的智慧无情地跨越。这种智慧，虽然是人所具有的一种高级创造思维能力，但它的基础，恰恰是人类记忆和经验的集合，是个人或一个社会群体对过去的经历、学习和思考的归纳、总结和应用。

任何事物的运动和变化，一定遵循着某种规则和规律，无有例外。这个存在于事物内部的，本质和抽象的规律所构成的完整的知识体系，也是人在的日常生活和行为中多次重复而被验证过的知识体系，它们就蕴含在我们最容易忽视的器物、生活经历和经验之中。

在人类的总体经验中，这些被存留的经验沉积下来，凝结为记忆中可识别与可记忆的实体。在若干个体共享某种生活的时候，共同生活中的经验就会融合并进入一个共同的知识库。这个时候，这些经验会被传递给下一代，或从某个集体传递到另一个集体。

随风起舞的风筝，在空中划过优雅的弧线，如同时间的轴线上的那一点光。它既是过去的回声，也是未来的预言，更是现在的存在。在这个由风筝串联起的时间线上，也让我们看到了自由与约束、传统与创新、个体与集体之间，那互相缠绕、互相牵扯的一根根的线。

仲春时节，柳绿花红。天空中一只只风筝与云朵嬉戏。手持线轴，心随风筝飘摇。

褶皱的光辉

福柯在《知识考古学》里写下了这段话:"历史是上千年的和集体记忆的明证,这种记忆依赖于物质的文献以重新获得对自己的过去事情的新鲜感。历史乃是对文献的物质性的研究和使用(书籍、本文、叙述、记载、条例、建筑、机构、规则、技术、物品、习俗,等等),这种物质性无时无地不在整个社会中以某些自发的形式或是由记忆暂留构成的形式表现出来。"

卡拉西里斯(Kalasiris),这种古埃及的织物打褶艺术,在公元前 3000 年前后,已经在古埃及的皇室成员中,非常流行了。这是一种纯粹由定型褶皱制作而成的服装,通常是由一整块带有定型褶的面料制作完成的,一般会选用上好浆的亚麻布,样子很像一件非对称的打有褶子的衬衫,穿的时候直接套在头上,所以也叫贯头衣。每当举行宗教仪式的时候,古埃及人都会把这种衣服当作礼服穿用。

古埃及人认为亚麻布是蒙赫特(Menkhet)亚麻布女神所赐的,而白色亚麻布意思是优秀或辉煌,象征着优雅和纯洁的。在他们的世界里,这也是太阳神——拉的服饰,光彩夺目,让人眼花缭乱。自前王朝时期起,古埃及人就热衷于用白色亚麻制成的衣服、腰带和头饰,用褶皱覆盖整件衣服。这种服装象征着优雅和财富，那漂亮的褶皱就相当于太阳的光芒，将人包裹在其中。

也许是因为拉神在古埃及人心中那至高无上的地位，或者是在祈求他的庇护，古埃及人以各种方式尝试制作褶皱，那种执着，似乎有点无法想象。这是在公元前5000年左右，我们无法想象的一个世界里，他们已经将亚麻布的纬线收集成小股，并在布的边缘编织在一起，来制造褶皱。每次洗完衣服后，也会用树脂状的物质来浸泡服装，然后用力压褶。在新王国时期，聪明的织布工还发明了将不同粗细的经线，进行整经的方法，使细细的经线经过洗涤后聚集成波浪状，形成装饰衣服的褶皱。

古埃及人用各种各样的迷人的褶皱，描画着心目中的那灿烂光芒和炽热力量的阳光，同时，也希望被这神圣的阳光照耀和庇

古埃及人的麻

古埃及第 18 王朝壁画中的褶皱服饰

护，希望能在太阳神拉的神力下，生命得以诞生和繁衍，大地得以滋养和生长。因为在古埃及人的内心中，太阳神拉被认为是宇宙的创造者和支配者，是生命的源泉，是他通过自己的力量和智慧创造了世间万物，掌控着白天和黑夜的交替。

人类社会始终有一种趋势，就是想方设法将人类的内在精神世界外显化和具体化。古埃及人就是这样的，他们把对光明的追求和对生命的热爱，全部倾注在了褶皱的丰富变化上。施褶的方法很多，但无论是哪一种，都富有秩序地不断变换着，给人以飘逸灵动之感，这正仿佛是阳光照在身上的感觉。而在打褶的方式上，它们都遵循一个基本构成方式，即有固定褶的一方，另一方则自然打开，这个形式又与人们描绘的光线的样子是吻合的。

幻想的价值，在灵魂与灵魂之间以器物的方式交流着。很多时候，人们利用各种方法和手段，描摹着自然世界在眼里和心中

公元前 5 世纪末　古希腊阿波罗与月桂树的碗

的样子。也许是出于对自然力量的崇拜，也许是出于内心对美好向往的表达。但这一切，都建立在人们所能感知到的，一个由具备观察得到的，拥有感官属性的众多对象所构成的公共世界。

在古希腊神话中，月桂树与太阳神阿波罗是息息相关的。传说阿波罗爱上了河神佩涅俄斯的女儿达芙妮，但达芙妮拒绝了他的爱意。在阿波罗追赶她时，达芙妮向父亲求助，佩涅俄斯将她变成了月桂树。从此，月桂树成为阿波罗的圣树，象征着他的胜利和对达芙妮的爱。所以，古希腊人会将月桂叶编制成花环，授予在奥林匹克运动会、皮提亚运动会和尼米亚运动会上获胜的运动员。这些月桂叶花环代表着最高荣誉和成就，是胜利者的荣耀标志。

人在接触到外部世界以后，就会产生表达内心精神世界中的意识的欲望。而这些欲望，往往是基于外部世界的精神意识内容的不断呼唤而产生的。而这个时候，外部世界的形态、形式往往会变成表达内心精神世界的载体。

高大的月桂树，完全符合古希腊人对神的理解和认知。因为在古代欧洲文化中，那茂密的森林一定是住着众神的家园。每个神灵都拥有着自己的神圣树林或者圣树，并受到民众的崇拜。那时的人们，将植物界中体积大的树木，视为超自然力量在地球上的化身，它们代表着神，或者就是神的力量。古希腊人会将各类树木归属于各类特定的神，被誉为众神之王宙斯之子阿波罗的圣树的月桂树，肯定是会被提升到更高的等级的。

就这样，一棵貌似普通的植物——月桂树，因为那美丽的传

公元前五世纪　古希腊带月桂叶的kylix（水杯）碎片

说，被古希腊人赋予了胜利、荣耀和不朽的象征意义。在这个意义的基础上，它也变成了一个完整的具有特定的价值的符号系统。

意义，是人对自然或社会事物的认识，所赋予对象事物的特定含义。而价值，是主体主观欣赏的或主体投射到客体上的东西，是人们对于外界事物的存在，对人的作用或意义的认识和评价。而这里所提到的月桂树的价值，更像赖特·米尔斯的《社会学的想象力》中所提到的逻辑：所谓价值，就是共享符号系统的一个要素，充当着某种判据或标准，以便从某个情境中固有的、开放可用的多个取向替换方案中做出选择。

作为共享符号系统的月桂树和月桂树叶，其实也是一个被选择的结果，就像古埃及人选择白色亚麻布来制作褶皱一样，那面料和褶皱已经演变成了一种文化符号和财富积累的标志了。简单的客观事物的原始意义，被人转译成了新的意义，变成了人类以符号形式传递和交流的精神内容。而这种精神内容也随着时代的变化，不断变化着。在时间的流变中，一些价值和意义在历史中消失了，另一些价值和意义却成了一种神话。这种神话，很容易使原初的意义在一个新的结构之内，根据不同的时代环境产生新的具体的形式，并成为一种被认同的符号传播出去。

罗马帝国就继承了古希腊对月桂树的崇拜，并把它继续神话。罗马的皇帝会经常佩戴着月桂花环，来彰显自己的权力和威

公元 2 世纪末至 3 世纪初　古罗马带有月桂枝的奖章残片

古罗马带有月桂叶的酒杯

望。月桂花环还被授予凯旋的将军,以庆祝他们的军事胜利。同时,他们也赋予了月桂树新的意义,它象征着和平、繁荣和智慧,而且,已经频繁地出现在神庙、公共建筑,甚至是钱币上了。它的价值和意义也在新的社会环境之中,被传播者的理想转化为诠释他的主观意志的新的符号,而导致这种符号偏离了它最初的意义。

但这样的偏离,并不影响这些符号的本义。很多时候,往往是由某种可称为社会参照的东西,决定着意义如何被解释。

古埃及人的褶皱也被传播者不断解释着,调整着……从古希腊到意大利文艺复兴时期,再到18世纪的洛可可时期,褶皱逐渐从祭祀的神坛,走进了王宫贵族的家里。虽然褶皱的工艺技术

1905年丹麦贵族礼服

不断在改进，面料也变得越来越丰富，但褶皱的神话还是一直在延续着。

我在斯德哥尔摩的一个传统服装展上，遇到了一件1905年丹麦贵族的礼服。那件衣服是丝质面料，整体均匀地分布着褶皱，我当时很惊讶，也很惊奇。因为在看到这件展品之前，我一直以为，这种很美的布满褶皱的服装，应该是日本设计师三宅一生设计出来的。面对这些展品，不禁在想，是不是有可能，他在做设计的时候，参考过这些呢？或者，他在带着那些神秘、飘逸的服装作品，第一次走向巴黎T台的时候，是不是对褶皱的历史，褶皱的价值和意义，已经了如指掌了呢？

一件事物，被人赋予了某种价值和意义，从而形成了一种特定的符号语言，而这种符号语言因其独特的文化涵义而备受推崇，并被频繁运用着，尤其是在两个价值和意义所反映的现实现象之间，存在某种相似的关系的时候，这种符号语言也就变成了价值和意义的一种隐喻了。

这种隐喻不仅仅在传播中，使人很容易产生通感，而且这种通感，更容易让每个人根据自己所处的文化背景、社会环境，完成价值和意义的判断和共鸣，从而生成新的价值和意义。

三宅一生应该是意识到了这点，他的设计理念所强调的"身体与服装之间的关系"，和以"A Piece Of Cloth（一块布）"的制衣的理念，现在看来，已经与古埃及人当时所追求的非常相似了。这应该就是他重新寻找到的时装生命力的源头和古代流传的传统织物背后的价值和意义吧。而正是这些，让他在东方服饰

三宅一生的服装

文化与哲学观照中，探求着全新的服装功能、装饰与形式之美，让世界完全理解和接受了玄奥的东方文化。

难怪，巴黎装饰艺术博物馆馆长称其为"我们这个时代中最伟大的服装创造家"。这个"创新"，应该就是独具慧眼的，对过去的事物的价值和意义的发现、挖掘和再创造吧！"A Piece Of Cloth（一块布）"继承了一块完整的蒙赫特（Menkhet）亚麻布的概念，象征着优秀和辉煌，又契合了东方二维裁剪的优势和智慧。而卡拉西里斯（Kalasiris）的褶皱，象征着炽热力量的阳光，被世代流传，通过面料和形式的创新，用褶皱那出人意料、神奇的效果，再次将那古文化背景下的价值和意义，拉回到现代人的生活。

这一切的确有点神奇，一个有着东方文化生活背景的设计师，捕捉到了人们的记忆和经验里的价值和意义，利用过去那世代相传的符号语言，在东西方文化之间，架起了一座足以让人产生梦想的彩虹桥。

看来，拉罗什富科说的还是有道理的："最大的智慧，往往就存在于对事物价值的彻底了解之中。"

过去的事物的形成和发展过程，为我们提供了完整的模型。这个模型里，包含着很多定量和变量，比如，社会文化、思想、技术、材料的发展状态，这些变化的驱动，恰恰是价值和意义。

现实，归根结底是过去和现在之间的动态联系，寻后见之明，我们如何去理解过去、现在和更美好未来愿景之间的模型关系，可能会帮助我们，在设计和建设更美好的未来中实现我们真实的愿望。文化是社会的灵魂，是一种共享的符号体系和价值观念。当我们审视任何事物的来源时，首先要考虑当时的文化。文化不仅包括艺术、宗教、道德观念等方面，还涉及人们的生活方式、语言、符号体系等。

树荫的温柔

记得迈克尔·桑克斯是这样说的:"在任何时代,一个社会或群体所认知和想象的'世界',通常既是一个时空体,也是一个文化体。人们在界定这个'世界'的空间范围和时间结构的同时,往往自觉或不自觉地对它的各个构成部分加以价值和道德的等级性评判。"

评判一定是带有主观性的,因为在对事物进行价值或质量的评价和判断的时候,通常是基于个人或社会的标准和价值观来完成的,而这种标准和价值观,往往是受到个人认知和社会整体文化导向所影响的。可以长到12米高的月桂树,因为阿波罗的传说,被古希腊人看作是胜利、荣耀和不朽的象征。在古希腊文明的流传中,月桂树变成了富有生命力的新内容,代表着圣洁、纯洁和神圣,经常出现在文学、艺术作品中的宗教和神话场景中。

但丁在《神曲》中,将月桂树描绘成了圣树,而莎士比亚在《罗密欧与朱丽叶》里,也特意将它的意义融入了罗密欧对朱丽叶的爱情之中。当罗密欧知道朱丽叶死去的消息,在她墓前哀叹道:"我要在你的坟墓上种下月桂树,让它成为我胜利的象征,让它成为我荣耀的见证。"

维罗纳城的艳阳,为月桂树叶披上了淡黄色的铠甲,想必是要帮罗密欧小心地呵护朱丽叶,而穿过树叶的间隙,偷偷地嗅着那淡黄色的月桂花的阳光,更像是罗密欧轻吻着朱丽叶的额头。

那次,从米兰到佛罗伦萨的绿皮火车路过的一个小镇下来,我坐在湖边的小咖啡馆,那月桂花香飘进咖啡杯里的时候,突然浮现出了这个想法。

建筑师奥布里希在设计维也纳分离派(the Vienna secession)会馆的时候,也应该有类似的想法吧!也许,他想体现分离派希望创造一种与历史影响毫不相干的新风格的精神。或许,他为了向他的老师——那个一生都在追求历史主义手法与现代主义手法相融合的,维也纳分离派之父瓦格纳致敬,他也选择了月桂叶。他用了将近 3000 多片象征繁荣和智慧的金月桂树叶,做成了会馆的镂空圆球屋顶。

一片片金灿灿不规则的叶子,组成了像拜占庭建筑一样的穹顶,很好地强调了瓦格纳所提倡的设计要基于现代生活需求,在结构和建造材料上运用简化表达的主张。在那个轰轰烈烈的新艺术运动时代,落后保守,过度装饰,奢侈的疲态已经渐露,而且更重要的是新艺术运动当时所提倡的"回归自然"的理念,根本无法解决在工业革命后,大批量工业化生产的问题了。所以,奥托·瓦格纳提出了

维也纳分离派设计的奖杯

从设计风格、方法，到对物体功能性，以及工业化生产的态度上的理论思考上要与新艺术运动分离，在设计中除去多余装饰，只保留客观和简单的几何形式的新思路。

维也纳分离派会馆的确打破了原有的建筑观念，金色的圆顶与简洁、连续有力的矩形墙面，形成了多样的对比效果，单纯的几何方圆、凹凸明暗相互呼应，凸显着现代风格。从某种意义上，它的确是体现了瓦格纳提出的，建筑和艺术应该反映所处的时代，而非对于历史上风格的模仿和复制的新主张，但真的能完全脱离历史和文化的影响吗？

奥布里希用他的设计，吹响了新设计运动的号角，这响亮的声音里，已经明显可以听出维也纳的精神了，但在这些音符里，还能隐约地听出来历史和传统文化的旋律。

金色的月桂树叶是，穹顶也是，它们作为符号系统的一部分，从社会、感知和物质特性等不同的角度，表达着特定的意义。很多时候，一个符号所携带的意义能够映射出特定的潜在意义的时候，它就可以适用于各种不同的语境，并在不同的语境中产生不同的结果。

月桂树的意义，在这个时候，已经不仅仅是象征着胜利、荣耀和不朽了，而来自东罗马帝国的穹顶，也不再只象征着天宇了。当分离派会馆落成的时候，它们的意义已经完全被引申为新的意义了。那应该是分离派对整个世界带有胜利和荣誉的一次宣言，一次表态，那就是会馆的入口上方写的那段话："Der Zeit ihre Kunst.Der Kunst ihre Freiheit."（为时代的艺术，为艺术

维也纳分离派会馆

维也纳分离派设计的玻璃器皿

维也纳分离派设计的客厅组合家具

的自由）。

人类社会就是这样，当某个事物的属性和特性，被赋予新的意义的时候，很容易产生符号的延伸意义。而随着意义系统的扩展，往往导致新的符号及其系统的诞生和发展。这种变化可以创造新的符号及其符号系统来表达新的意义，完成已有符号的再符号化。月桂树就是这样，本来是表示一种植物，通过意义延伸可表示胜利、荣誉，但它还可以再符号化表示繁荣和智慧。

会馆大门上的女妖美杜莎三姊妹头像也是这样，原本那个被描绘成能让敌人在她的目光下，化为石头的蛇发女妖美杜莎，现在需要她的魔力来守护艺术的三个方向了。美杜莎三姊妹头像代表着绘画、雕塑和建筑，被安放在分离派会馆大门的上方。

事物本身其实是有单一固定的意义，是我们凭借对事物的表征，给予了它们的意义。但当文化参与进来，人们开始利用、消费或占有文化"物"来表现自己的意思的时候，人、客观物及事件就会被赋予新的意义。这正是各种事物、概念和符号间的关系式意义产生的实质之所在。

分离派的代表人物克里姆特，在设计分离派第一次展览的海报中，将忒修斯铲除牛头怪米诺陶洛斯的古希腊神话，放进了他的海报里面。他将这个象征着正义利用智慧和勇气战胜邪恶的古典符号，转换成反历史主义和反人性束缚的再生符号。在这个海报里，雅典娜手持着盾牌和长矛，已经不再是古希腊文化中的城邦的守护者，而是被克里姆特描绘成一个新一代艺术家征服历史主义和传承文化艺术的捍卫者。

维也纳分离派设计的瓦西里椅

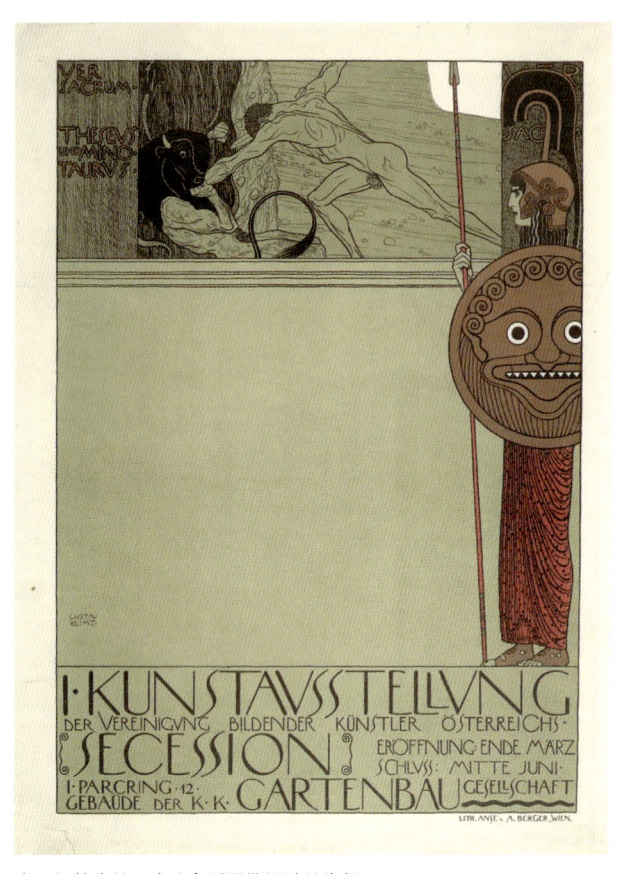

克里姆特为第一次分离派展览设计的海报

  意义，基本上是由赋予事物或观念的价值的性质决定的。如果它的价值主要是出于使用的目的、审美愉悦的性质，或由于风俗、文化或习惯而产生的价值，并具有表征性的或代表性的时候，它就是变成一种连接过去和现在的桥梁。

  最高层级的正当化是"象征世界"，所有的制度以及人们所有的生命体验都被整合到这个世界中，一切实际事物、行为和制度在这个世界中找到自己所对应的位置后，方能获得意义。伴随

分离派会馆上的三个女妖

着人类文明的演进以及抽象思维能力的提升，象征性符号越来越丰富与深刻，诸如太极图、十字架、新月、万字符、曼荼罗、六芒星等图案已然深深根植在世人心底，成为特定文化背景下人们心灵的支柱，并升华为各个文明的终极象征。

克里姆特在另一幅为《圣春》期刊创作的《赤裸的真理》的插图中，也利用了这样的手法。这次，雅典娜是拿一面空的镜子，对着现代人。而这个形象，更意味着一种象征着呼吁反省的意义。

不知道是不是有意为之，坐落在卡尔广场的拐角处的分离派会馆，正好在维也纳美术学院的窗户下方，而且与繁华的纳什市场（Naschmarkt），也只有一街之隔，这是不是又是带有某种象征性和意义呢？一边是被奉为古典主义的经典，一边是遍地烟火气的市场，背后是那个崇尚古典风格，沉闷压抑态度下的哈布斯堡帝国，对面却是那滋养着艺术的日常生活。

纳什市场依然是那么的热热闹闹，那家好吃的以色列餐厅也

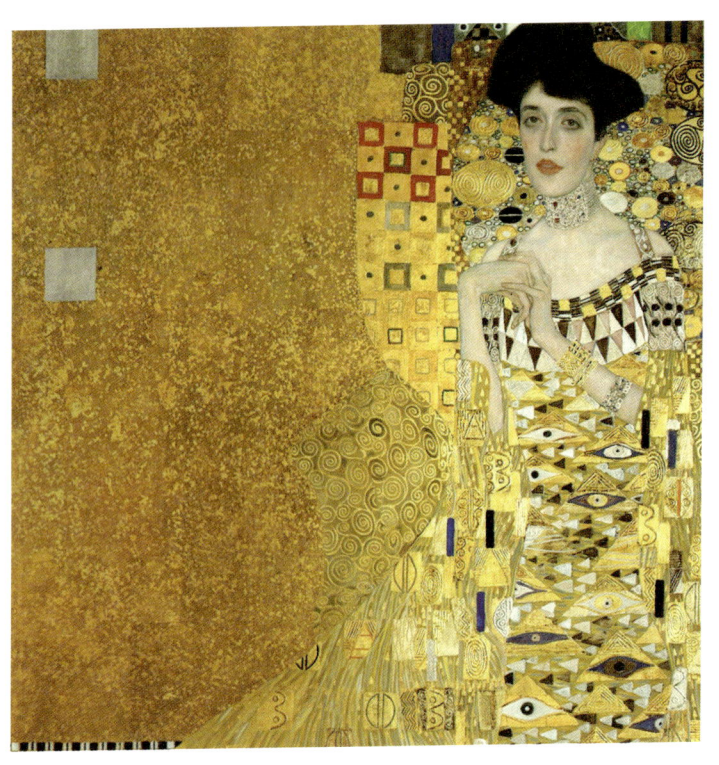

克里姆特的油画作品

还在，名字叫 neno，是店主的儿子和女儿的名字，那里是一个以色列妈妈做的家常菜。据说，是她从她姥姥那里学的手艺，看似家常，却也能看得出来，她为了让更多的人了解以色列，做了很多的创新。从这里吃完饭，抬起头，就能看到会馆那金灿灿的屋顶。

木制马车辘轳

已知的未来

很多时候，我们在面对问题时总是会去寻找过去的先例，现在是这样，未来应该也是这样。在这种情况下，大家很可能会陷入一种迷茫境地：若没有可遵循的先例，我们如何找到前进的道路？难道真的只能如摸着石头过河一般探索前行吗？

幸好过去就在我们身边，而且我们沉浸其中，原有的记忆和经验，为我们提供了认知新事物的基础，对"旧"的了解和认知，为"新"提供了想象的基础和模型。"历史不会重复，但会押韵。"我们可以回顾历史，寻找其中的韵脚，从而揭示当今的规律。

那天，在巴黎的应用艺术博物馆，我终于看到了在照片上已经看了好多遍的，那辆 1908 年第一代量产的福特车。我记忆中的那张模糊的黑白照片，逐渐清晰起来，以至于我兴奋地绕着车子，转了好几圈，凑近了仔细地看着前后车灯，使劲目测着挡泥板、脚踏板的尺寸，一切都那么的熟悉，那么的似曾相识。这种熟悉，似乎并不是来自我多次看照片而产生的印象和好感，却反倒让我想起了，上次在里斯本马车博物馆看到的那辆四轮马车，那黄铜加玻璃的车灯，那挡泥板和踏板，几乎是一模一样，甚至，车轮的轮辐也沿用着马车车轮的样子。

1908年福特车

　　采用滚动的方式前进,应该是人类一个了不起的创造。但最先发明轮子的那个人是谁,又是谁第一个造出了带轮的车辆,已经永远无法知道了。但我们会发现,轮子出现了,一定需要一种无与伦比的想象力。

　　也许,最早的启发可能是来自那些被砍倒的树木吧!随着人类打猎范围的不断扩大,猎物需要从远处运回驻地,而为了生活的改善,垒房子、堵洞穴,也必须从远处运回木头、石块等,这一定需要一种既省力运量又大的办法。偶然中,人们发现,树木被砍倒时,那些圆圆的树干总会沿着坡地不停地滚动。这给人们

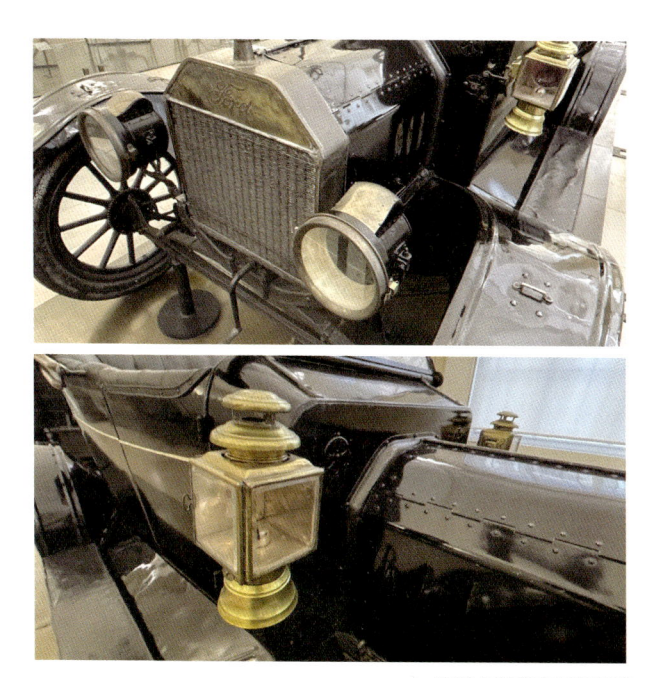

1908 年福特车局部细节

带来了启发，发现把东西放在几根滚动的圆木上来运送，这样不仅运得多、运得快，而且还特别稳当。也许这就是人类关于轮子的最早想象。

古埃及人应该是借鉴了这个方法，他们用几块木板拼成的圆形车轮，再把两个圆形轮子用横木固定在木板车的两端，这样，就可以轻便地完成运输工作了。这种轮子的样式，出现在美索不达米亚早期王朝的乌尔王陵中出土的、表现战争场景的镶嵌图案里。

这些图案中，不仅仅有非常清晰的木轮的样子，也能看见各

陶瓶上的车轮图案

乌尔王陵中出土的盒子上的车轮

种功能的马车。这些马车是公元前 3000 多年前，活跃在西亚的新月沃土的古代苏美尔人发明的，虽然也是在使用"类似圆形木板"的轮子，但也已经运用到运输、战争之中了。

事实上，轮子的进化过程是很漫长的，那时人类已经进入了青铜器时代，人类已经会锻造金属合金，开凿运河，制造帆船了。初期车轮的技术并不十分精美，不仅影响着运输的重量，也影响着行动的速度，而且，木材的耐用性也很差，针对使用过程中的各种不同路面，也很难应付。

还好，聪明的撒马利亚人创造出了一个被动性滚轴，这种圆形的东西大大地减少了移动时的摩擦，实现了由移动到滚动的飞跃。公元前 2000 年左右的幼发拉底河流域，出现了一批神秘的人。他们赶着马车，由黑海附近草原迁过来，他们的马车的车轮已经有轮辐，而不像早期的车轮那样是整个木头块做成的样子

车轮演变历史图

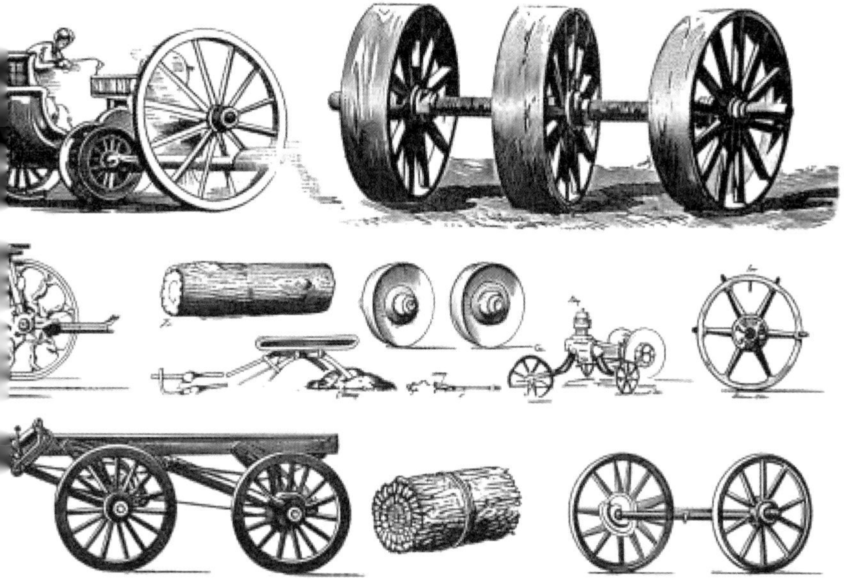

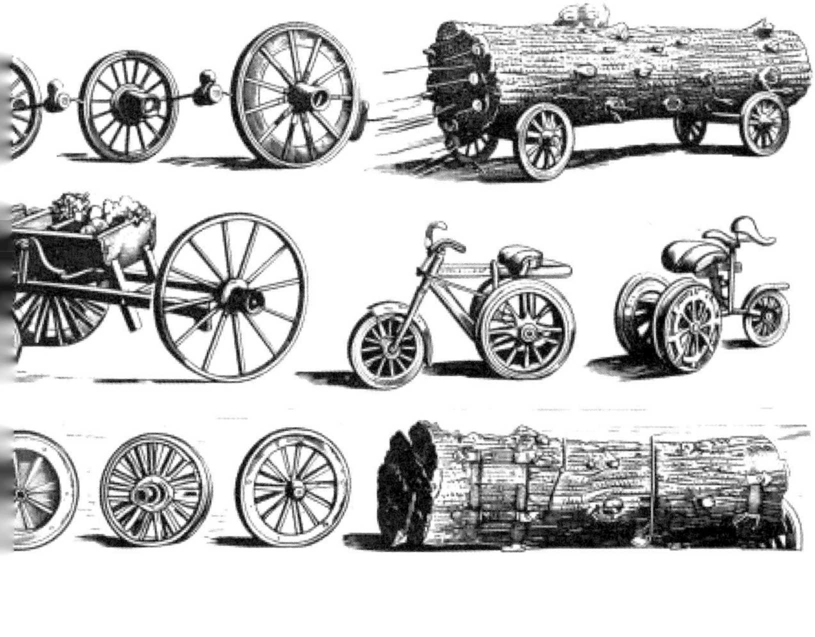

希腊化或早期帝国时期（公元前2世纪—公元1世纪） 带有农家院组的青铜手推车

法国国王送给葡萄牙国王的贵族马车

平民马车

蒸汽汽车

现代马车

了。辐条轮是通过将木头加热弯曲、拼接成一个闭合的轮圈，以四到八根木制辐条代替笨重的木盘，辐射状固定于中央的轮毂，并最终支撑起轮圈，这种车轮比较轻便，更易于操纵，也更坚固了。

轮子带给人类一种新的移动方式，这就是由移动到滚动的飞跃。它们骤然间提高了人类在地上搬运物品的效率，更重要的是，车轮让人类建立了陆地上的快速运输体系，车轮的目的只有一个，那就是将东西轻松、快速地从一处运到另一处。不同的只是运送的重量越来越大，而速度也越来越快，这个变化就是轮子的发展。

装上轮子的人类社会，随着轮子的转动速度，快速前行着，虽然有些沉重、有些颠簸，但却让人类拥有了无法想象的速度与力量。这种速度和力量，不仅决定着人类的眼界，也决定着人类的疆域与权力范围。当时，被称为欧洲三大蛮族的凯尔特人就是这样，凭借着他们擅长的手工技艺和金属制作，将车轮上装上了铁制轮胎。它们是用若干块金属巧妙地焊接成的一个完整的圈，固定在木质的车轮上，这样的结构，让车轮更加结实耐用了。

这种铁制圈车轮不仅负重能力增强了很多，运输的距离也越来越远了。凯尔特人将它们装在了双轮马车上，凭借着它们，在欧洲大陆的土地上，四处狂奔，攻城略地，肆意地碾压着脚下的每一片土地。很多时候，征服往往是通过武力使别的国家或民族屈服，但有时候也可以凭借强大的文明优势，彻底统治一个地方。而这次，凯尔特人不仅仅是武力征服，也让被征服的人，看到了技术带来的强大优势。这个包铁轮的技术，伴随着凯尔特人在全欧洲渗透和扩张，传遍了整个欧洲，也被民众广泛接受并传承开来。

整个欧洲乃至整个世界，都换上了这样的车轮。巴黎街道上跑着的马车，英国庄园里的皇家马车，意大利乡间的运输马车，更有甚者，罗马帝国还铺设了约 80000 千米平坦的大道。整个社会，在这车轮不断的滚动中亢奋着，加速着改变，加速着进化，建筑越来越高大，越来越坚固，各种材料的交换和运输速度也大大地提高了。

轮子的转动，一次又一次地推动了人类的社会发展和思想变革。使用这种车轮的马车成为世界各国的主要运输车辆，这样的状态一直被沿用至了十九世纪初期。直到 1825 年，斯蒂芬森驾驶着自己设计制造的"旅行号"蒸汽机车，从铁轨上轰隆隆地驶来，马车才褪去了身上的光环，逐渐退出了社会的舞台。因为那辆火车装载着 90 吨货物和 450 名乘客，相当于 100 辆马车的载重量！虽然它仅以时速 20 公里的速度在前进，但足以证明，人类社会已经驶进了一个全新的轮子时代。

这种全新，应该是在动力系统的完全创新，但从火车的轮子上，我们依然能看到凯尔特人那个包铁轮的影子。只是它们变成纯铸铁的，在两条平行的铁轨上滚动了。

创新理论的鼻祖约瑟夫·熊彼特说："无论把多少辆马车连续相加，都不能造出一辆火车出来；只有从马车跳到火车的时候，才能取得十倍速的增长。"

的确，我们从颠簸的马车上，跳到了飞奔的火车上，但依然摆脱不了过去的记忆和经验对我们的影响。很多时候，创新的核心就在于，是否能将过去的经验和知识应用到新的情境和问题中，并通过新的方法来解决挑战。这不仅是对过去经验的应用，更是对传统的挑战和超越。这就像海德格尔在《物的追问》中所描述的逻辑："科学的变革通常只通过自身就能发生，但此外它本身还基于两方面的原因：1. 基于劳作经验，即控制和使用存在者的指向和方式；2. 基于形而上学，即关于存在之基本知识的筹划，基于对存在者知识性的建构。"

劳作的经验与知识性的建构，不仅存在于个体的记忆和经验中，还会通过传承和交流在人类社会中得以传播和发展。人们通过教育、文化传统、社会交往等方式，将自己的经验和知识分享给他人，并从他人那里获取新的经验和知识。这种传承和交流既促进了经验和知识的扩散和深化，更有助于社会的进步和发展。

归根结底，过去是一种将复杂的历史简化为继承的模式，将人们创造生活世界的方式转变为固定的形式，用以交换、占有的过程。而所谓历史，恰恰是对过去事件的记录、研究、解释和叙述。它是一种连续的、系统的尝试，用来理解、解释过去的事件和人物以及它们对现在和未来的影响。

历史不是一条单向、线性的时间线，而是一种更为复杂、层次丰富的结构。就像福柯所认为的，历史不仅是关于事实的叙述，更是关于这些事实是如何被记录、记忆和解释的。在这个视角下，历史成了一种动态的、互动的过程，不断地在集体记忆和物质记录之间发生互动和转换。

日本历史学家盐野七生曾在《文艺复兴是什么》中写过一句话，把历史的英文history拆开来看，就是"他的（his）"和"故事（story）"这两个词的合成词。的确，这辆福特车的每一部分，都在默默地讲述着它的故事，在它身上，我们看到了不同的材料，不同的形态，以及时间留下的所有的痕迹。但这并不仅仅是一个关于汽车遗产的故事，而更像是一组构建起文化的骨骼，它的每个部分，都让我们看到了时间的推移和演变，看到了社会和文化，过去和现在的动态和变化。

轮子的历史，变成了一个貌似复杂却又非常简单的故事。这个故事一直围绕着快速前进、承载更多和塑造空间的三个部分进行着。但变化的不仅仅是轮子，我们在各个方面的移动体验，无论是物质的还是非物质的，真实的还是想象的，都在发生根本性的变化。

很多时候，当我们逐渐意识和感知到真实的世界是由各种关系和不断变化的连续性事件整合而成的时候，一扇新世界的大门可能也就此打开了。

过去应该就是这把钥匙，让我们看到了我们从哪里来，我们走过的路，并利用这种后见之明来了解和推测可能的未来。过去，就是现在，它构成了更可能和更可取的未来，它与现在与更美好未来愿景之间的模型关系，会帮助我们在设计和建设更美好的未来中，实现我们真实的愿望。

向往清晰的梦

　　好像总有些说不清的东西，让我们猝不及防地从中看到了自己的倒影。那种感觉，就像有一天在一个 vintage 店里，突然发现那角落里的桌子和前几天梦中梦到的那个，一模一样。似乎在哪里见过，又好像在哪里曾经用过。

　　作为人类经验的独特存在方式，梦既是我们内心深处那部分未经加工的想象，也是我们对现实世界的解读和再创造。在这个现实与幻想、物质与意识交织的世界里，作为心灵深处最自由的表达的梦，往往是对日常生活的另一种理解和感知。

　　每一个午夜的剧场都在梦中，上演着我们白天所有被忽略的剧本。在这场剧中，日常生活中平凡的物件变成了丰富的符号和隐喻，一只茶杯可能不再只是一个饮茶的容器，而变成了与某个亲密的记忆相关联的象征；一把椅子可能代表的不仅是休息，也许是权力的象征或是孤独的隐喻。这些符号，将我们内心深处那未曾言说的欲望和向往，渐渐地清晰了起来。

　　那些被日常所遮蔽的意义和价值，渐渐地浮现出来，萦绕着我们。让我们得以重新审视和思考平凡事物背后的复杂性和丰富性，也让我们一窥到这平凡事物背后的非凡世界。

　　放在楼上的那把椅子已经用了几年了，那是瑞典设计师英格

Ingemar Thillmark 1960 年设计的 Lacko chair

玛·蒂尔马克 Ingemar Thillmark，在 1960 年为 OPE Mobler 公司设计的一把安乐椅"Lacko"，厚厚的水牛皮，染色山毛榉框架，对扶手弧线的仔细处理，对靠背的高度的思考，都带着浓浓的斯堪的纳维亚风格。遇到它的时候，始终感觉像是在做梦，但这的确是一个梦，因为能将在博物馆里看到的家具，将其带回

安乐椅"Lacko"后背细节

身边，日常相伴，对我来说是一个盼望已久的梦。

虽然这是一把量产的椅子，但也完全诠释出了设计师对于形式和装饰的克制，对于传统的尊重，以及在形式与功能上的一致，和对于自然材料的欣赏。

也许，没有任何一个日常用品，像椅子这样如此多元化。某种程度上，椅子是重要的历史见证者，它们可以代表特定时刻的时尚和风气，也可以代表时代观念。他们是用户的肖像，反映了他们的兴趣、喜好和他们所处的生活状态。通过它们，我们可以识别和理解一个时代的社会结构、材料、技术和时尚。

当克里特岛上的克里特人，将他们从古埃及人那里学会的修建神庙、宫殿、雕塑的技术，带到古希腊的时候，也将在古埃及象征着财富和权力的梦的椅子，带进了整个欧洲大陆。这些椅子有着清晰的线条和精致的细节，有着雕刻的莲花和动物腿。因为在古埃及，椅子的华丽程度代表着椅子主人的社会地位，地位越高所使用家具装饰性就越强。椅子在最初的象征意义上，是分隔非凡与普通的一种明显标志。

古希腊人继承了这些，同时也在符合人体工程的基础上，将这些椅子改造得更具流线型了。虽然，那把古希腊的经典设计克里斯莫斯椅（Klismos）并没有幸存下来，但古希腊的浮雕和花瓶上，依然能看到它清晰的样子，那个外撇着的弧形椅腿和流畅的弧形，和平直的古埃及椅子比起来坐起来更舒服。

古埃及人和古希腊人使用带有对角十字支撑 X 形架的椅子，很像我们现在用的马扎儿，不仅稳定，也便于携带。古罗马人在继承了这些的基础上,他们改进了座椅装饰,加入了更多的象征家族和权力的装饰,那把象征着权力和权威的库鲁尔折椅(curule Chair),几个世纪以来,一直在皇室、政要和其他重要的政治和宗教人员中流传着、使用着。

王权的重量,几乎压得椅子吱吱作响。椅子也变成了权力的象征,这个椅子不仅仅是为了坐着,它是为了展示,为了彰显统治者的地位与权威。但在这样的象征中,我们也见到了椅子的沉默——它自己无声地存在,却让权力的话语通过它的形式被传达着。

中世纪欧洲贵族的权力梦,依然在古罗马的库鲁尔折椅上延续着。尽管普通民众依旧坐在长凳上或者地面上,椅子的存在和意义,依然在时间的流逝中重新定义着。从某种意义上说,器物总是社会状况的表现和反映,无论是形态、色彩还是装饰,其形象总能映照出社会现实的影子。作为欲望投射之物的器物,它终究无法完全割断形象与产生形象的外部现实世界的渊源关系。

罗兰·巴尔特在《埃菲尔铁塔》中,是这样描述那个铁塔的:"作为目光、物体和象征,铁塔成为人类赋予它的全部想象,而此想象全体,又始终在无限延伸之中。被注视的和注视着的景象,无用的和不可替代的建筑物,熟悉的世界和英雄的象征,一个世纪的见证和历久弥新的纪念碑,不可模仿而又不停被复制的物体。它是一个纯记号,向一切时代、一切形象、一切意义开放,它是一个不受限制的隐喻。"

椅子也是这样吧!它被赋予了所有关于生活的想象。它不仅

古埃及的折叠椅

古埃及椅子图纸

希腊 Klismos Chair　18 世纪美国仿制

古罗马库鲁斯折椅

仅是一个用来坐的器物，更是文化的记录者，是时间的见证者。每一次我们坐下，无论是在古老的木椅上，还是在未来可能出现的任何一种椅子上，这都将是我们与过去的一次对话，都将是我们在过去的梦里，所构建的未来。

古罗马的库鲁尔折椅带着它特有的意义，继续被传递着，被重新创造着。在文艺复兴时期的意大利，那带有天鹅绒或皮革内饰的丹特斯卡椅，以及带有硬靠背和松散坐垫的萨沃纳罗拉椅，已经从一个特权阶层的专属，逐渐从权力的宝座转变为日常生活的一部分了。

很多时候，同样的事情往往曾经意味着别的东西，因为事物的本质，永远是其价值和意义的特性延伸到另一个世界。

密斯·凡德罗就用他设计的巴塞罗那（Barcelona）椅，将我们带进了一个新的世界。虽然，他也是以古罗马时期贵族使用的库鲁尔折椅（Curule Chair）作为设计灵感的，但他将过往的"十字交叉结构"椅脚上，那些象征着权力和地位的繁复装饰，坚定地以象征着平等、民主的，简单、干净的不锈钢的X型悬臂椅脚替代了。

也许我们现在坐的椅子，当时出现的时候，真的不仅仅是因为坐着舒服，起码并不是让每个人坐着舒服。就像柯嘉豪在《椅子与佛教流传的关系》中描述的那样："椅子在中土被广泛接受主要是因为佛教，而不是它的舒适性，这可以用日本等亚洲国家后来并没有接受椅子作为日常坐具为证。"

的确，家里条案前面的那个绣墩，似乎还能看到当年筌蹄的

15 世纪　意大利的椅子

16 世纪 意大利边椅

影子。这种古印度贵族所用的，中部带束腰的圆形高足坐具，当年被印度那二位高僧和佛经一起，被带进了中原。也许，他们也没有想到，在中国，它们也依然受到了欢迎。而且，这种坐具也被赋予了新的形象和意义，不仅在佛教徒中流行开来，还迅速地被传入了贵族的日常生活。

巴塞罗那椅

在一定程度上，筌蹄推动了中国世俗社会中人们坐卧方式的改变。而它的造型也深深影响了中式家具中坐墩的形成，流传至今的坐墩，实际上还是能看到受到佛家的启迪，采佛家之良规，取佛具之功能，在人间进行"嫁接"的痕迹的。

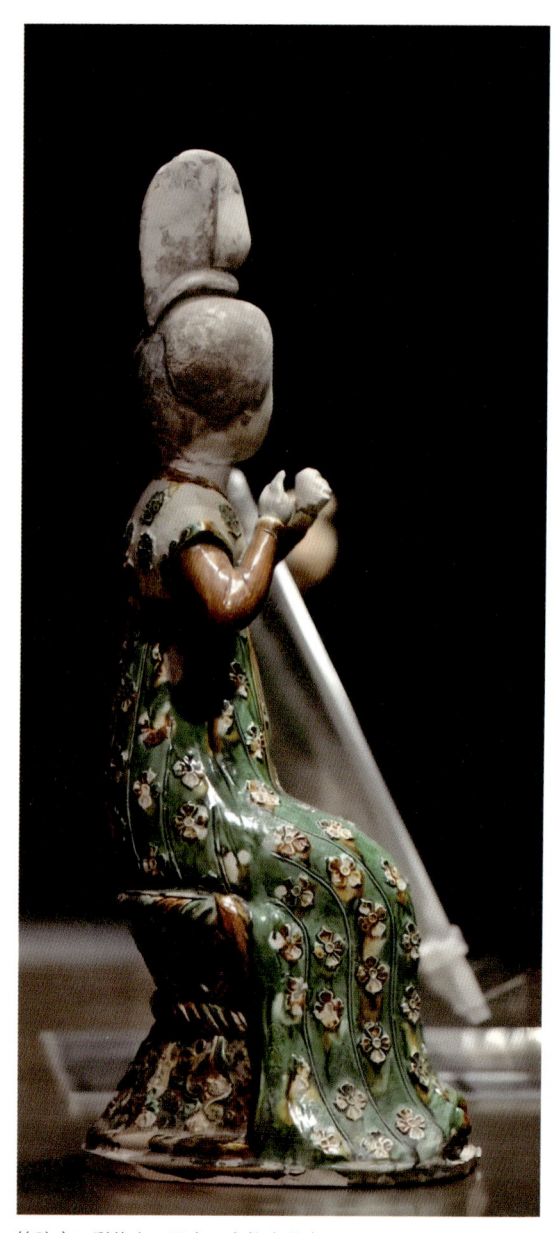

笙蹄唐三彩仕女　西安王家坟唐墓出土

16 世纪　中国掐丝珐琅绣墩

明嘉靖　五彩龙穿莲池纹绣墩　故宫博物院藏

平凡日常的事物，宛如书页间的文字，承载着过去时光的痕迹，记录着生命的奇妙。或许我们能够发现，过去所有的时光，像一把刻刀，正悄然地在这些器物之间流转，一点点地刻下了存在、时间和人性的所有的痕迹。

器物的轮廓和上面的痕迹，逐渐清晰起来，变化为一座桥，桥的那边，堆着让我们欣喜的生活的印记；同时，它也变化为一个承载情感、记忆、生活的梦，每每进入，便能映着自己的心情，捕捉着隐藏于生活中，那些物件中美丽的细节与过去的时光、故事和意义。

往事如梦，却未见清晰。当梦与现实融合时，我们不仅能在日常中找到梦的痕迹，也能在梦中寻回生活的真实。这种生活与梦想的融合，让我们一直被清晰的梦与模糊的现实缠绕着，虽然，梦中的世界往往比现实更为直接、真实，但这种向往并非单纯对睡眠中幻象的渴望，而是对日常生活深层次理解和超越的追求。

那所有对清晰的梦的向往，是对一个理想状态的渴望，是在纷繁复杂的现实中寻找一种秩序和意义。虽然，我们的认知和记忆本身就是不断变化的，我们构建的意义，我们对时间的感知，都是在不断的流动中，但清晰的梦，最终将引导我们回到了平凡日常的生活本身，在对日常事物的理解和感知中，找到看似平凡的生活的不平凡的价值和意义。

很多时候，我们最渴望的清晰，也不过是一个暂时的、可变的构造，以至于我们一直沉浸在可知世界中，寻求理解事物和所做的事情。还好,我们一直在模糊的过去中努力寻找着清晰的梦。

窗外的院子里,还是那棵去年长满红枣的枣树,但已经不是原来的那棵枣树了。它又长出了新的枝杈,在那牢牢扎根在土里的树干上。

后记

设计考古

在这个时代，我们的生活被日用品所包围，这些物品仿佛是静默的，却在悄无声息中述说着属于自己的独特的故事。《发现日用》一书便是对这些故事的一次深入探索，试图解读那些看似平凡无奇的日常用品背后的符号意义。

每一个日常之物都是一个文化的节点，通过它们，我们可以追溯到过去，展望未来，甚至重新理解现在。这也是日常用品之所以值得我们关注的原因吧。不仅因为它们是我们生活的一部分，更因为它们构成了一个庞大的符号系统，这个系统反映了我们的文化、社会结构和价值观。从设计考古的角度出发，我们可以将每一个日常用品都视为一个文化的化石，通过它们，我们得以窥见过去的生活方式、审美习惯和社会关系。

当我们从过去的未来的哲学辩证关系来看这些日常用品时，我们不仅仅是在回顾历史，实际上，我们还在构建一种对未来可能性的想象。过去的设计师们在创造一个新的日常用品时，无疑是在对未来进行某种预见和构想，他们的设计也反映了对未来生活方式的期待和梦想，而这些设计本身，随着时间的推移，又成为我们理解其时代的桥梁。

实际上，这也是在与过去进行一场无声的对话。这种对话跨越了时间和空间，让我们有机会重新评价过去的那些日用品的产生，并在此基础上，为未来的生活提供新的设计启示。这正是设计考古所追求的——不仅仅挖掘出那些被埋藏的物质形态，更是挖掘出那些形态背后的文化意义和创造性思考。

器物永远既是梦想物又是功能的体现者，既是某种空幻之表现，又是某种被使用的工具。它们是生活方式的象征，是个人身份和社会地位的标记。每次我们选择一个物品，不论是一件衣服、一只餐具，还是一部手机，我们都在无意中表达着自己的生活态度和价值观念。这些选择汇聚成一个复杂的文化网络，每个节点都与广泛的社会意义相连。

这种深入的文化和符号分析，使得《发现日用》不仅是一本关于物品的书，更是一本关于人、关于我们如何通过这些物品来定义自己和与他人的关系的书。在这里，设计考古的方法论显示出其独特的价值，它不仅关注物品的功能和美学，更关注这些设计如何反映和塑造了社会结构和文化价值。从这个角度看，《发现日用》可以看作是一次文化挖掘，每一页都在解读那些看似平常却极具象征意义的设计选择。

而在对未来的思考中，这种关注日常物品的方式提供了一种理解技术和文化如何互动的框架。随着新技术的不断涌现，日常生活正在迅速变化。通过审视过去的设计，我们可以更好地预测和塑造未来的日用品，使它们不仅满足功能需求，更符合美学和文化的期望。

  通过这种深入的考察，我们可以重新认识那些日常之物，理解它们不仅仅是物质存在，而是活着的文化符号，是连接我们与过去与未来的纽带。这种认识带给我们新的视角，让我们在日常中发现非凡，使普通的每一天都充满了发现的喜悦和深刻的思考。

  这是一次关于相遇、过去在现在、现实的思考，因为它与我们想象的未来有关。

高一强　姜立

2024 年 6 月 19 日